U0069098

日本古典文學名著

源氏物語

紫式部著

左秀靈譯

紫式部畫像

鴻儒堂出版社發行

封面題字：左秀靈

目錄

作者序

中國古典文學傳到日本之後，起了些什麼變化？發生過什麼作用？身為中國人應該是有興趣關心的，這就是筆者不揣譾陋翻譯《源氏物語》的動機。《源氏物語》是震爍世界文壇的日本古典文學鉅著，文筆之細膩、情節之曲折，堪與《紅樓夢》媲美。原著是用日本文言文寫的，詩、典故極多，如果全部譯成白話文，大約有一百萬字。

筆者為了使我國讀者容易接受、欣賞這部鉅著起見，在動筆之前，先參考好幾本日人編寫的白話譯本，並對照原著，經過長時間的反覆研讀後，才把它濃縮精譯成這本小冊子。筆者已使艱深難懂的部分口語化，深信讀者諸君很容易琅琅終篇一氣讀完，絕不會有讀國文課本那樣費腦筋的事情發生。

筆者學淺，譯文若有不妥之處，敬請讀者諸君指教，裨能於再版時改正。

左秀靈　敬識於臺北大直後山

解說

日文「物語」一詞，簡單的中文意思是：小說、故事，《源氏物語》就是一本記述主人翁——源氏一生的故事。

這部震爍世界文壇的日本長篇古典文學名著，完成的年代約在西曆一〇〇八年（我國宋真宗大中祥符元年），著者是日本女文豪名叫「紫式部」。

紫式部是「藤原為時」的掌上明珠，西曆九九九年和「藤原宣孝」結婚，第二年生了一個女兒，取名「賢子」，日文的「賢」字是聰明的意思，大概希望賢子將來很聰明，果然賢子長大之後，未負期望，成為有名的和歌（日本詩的一種）作家。

賢子出生的第二年，藤原宣孝竟突然去世，紫式部便領著賢子過著寂寞的寡婦生活，經過了五年，紫式部大約已三十歲，被「一條天皇」的皇后「中宮彰子」招請入宮任女官，可能就在此時動筆寫《源氏物語》的。

促使紫式部寫《源氏物語》，有一個這樣的傳說：

當時，「選子內親王」很喜歡看小說，有一天他問中宮彰子：「有沒有什麼有趣的小說？有的話，請借一本給我看看。」

中宮彰子立刻命紫式部寫一本小說，所以紫式部才動筆寫《源氏物語》。

紫式部的父親擅長漢詩，兄惟規是和歌作家，紫式部在這樣的家庭中長大，自然深受薰陶，也酷愛文學，尤其喜歡白居易的詩文及司馬遷的《史記》。《源氏物語》的第一篇，就是由〈長恨歌〉而獲得的靈感，而且引用長恨歌的詩句甚多，白居易的詩對當時平安朝時代（西曆七九四年——一一九二年）文壇的影響極大，所以譯者特將長恨歌及曾經在中副發表的一篇短文——「白居易詩在日本」附於書末，聊供讀者諸君參考。

又，日人「外山英策」先生在他的大作《源氏物語的自然描寫與庭園》中曾說：「紫式部寫《源氏物語》，完全是仿效司馬遷那種沈博絕麗的筆法。」《源氏物語》中引用《史記》原文的地方不少，如：「臣者君之羽翼。」、「白虹貫日，太子懼。」等，並說夕霧（光源氏的兒子）熟讀《史記》，被認為是有學問的青年，從這一段描寫，不難推斷出紫式部本人一定酷愛讀《史記》無疑。

故事中的人名之下大多帶有敬稱，如「上」、「宮」、「院」……等，為免讀者誤會是名字的一部分，所以一律刪去，例如：葵上，紫上，明石上，兵部卿（官名）宮、朱雀院……等，一律譯成：葵、紫、明石、兵部卿、朱雀帝……等。不少人名不容易看出來是人名，在初出現時加上「……」，如：「落葉」、「空蟬」、「夕顏」等。

故事中又有不少以官職為人名的，如：頭中將、左大臣、右大臣等，雖然以後有陞遷，但怕誤會是另外一個人，所以不用以後陞遷的官名，例如：左大臣以後陞為太政大臣，但仍稱他是左大臣。

最後一篇的題目：〈夢浮橋〉是日文，中文的意思是：夢中危險的通路、夢。

第一章　風流王子

王子誕生

在日本古代王朝盛時，有很多美貌的女御、更衣（皆女官名）侍候著一位年輕的皇帝——桐壺帝，其中有一位出身並不很高貴的桐壺更衣（住在桐壺殿故名）才色超群、性情嫻雅、在後宮佳麗中沒有任何人趕得上她，所以深受皇上的眷寵，其餘自認姿色並不在她之下的宮女們因此嫉妒莫名，不斷在背後惡語交加，極盡毀謗攻訐之能事，害得多愁善感的她積憂成疾，只好經常告假回鄉養病，皇上反而因她麗質纖弱，不顧流言蜚語而更加破格賜寵了。

皇上正值春秋鼎盛之年，才不過二十歲，因此很渴慕過純愛情的生活，弄得朝政都無心過問，因此公卿大臣個個都憂心忡忡，紛紛以楊貴妃的故事諷喻皇上，皇上對他們這種無視愛情的諫言根本充耳不聞。

更衣的父親曾任按察使大納言（官名），但是很早就去世了，母親獨力把她養大成人，因此毫無權貴可以依靠，更衣唯一賴以生存的，就是皇上始終如一的寵愛。

不久，更衣生下一個非常可愛的男孩——第二皇太子。第一皇太子是皇上和弘徽殿女御生的，而弘徽殿女御的父親官拜右大臣，是非常有權勢的，當然毫無疑問被立為東宮——法定的皇位繼承人。可是皇上愛的卻是第二皇太子，並且第二皇太子一天一天長大，越發顯得俊美，因此弘徽殿女御不免擔憂第一皇太子未來的繼承問題會被第二皇太子奪去，所以對他的嫉恨便自然越來越深了。

更衣所住的桐壺殿，和皇上的清涼殿之間隔了弘徽殿、麗景殿、宣耀殿等，因此皇上每次行幸桐壺殿，必須經過上述的各殿，而且次數又是非常頻繁，當然令女御們嫉恨莫名，他們便在走廊上撒些穢物，故意沾污更衣送迎者的衣裙，有時還特地把走廊兩端的門閂上，讓更衣在裏面進出不得。皇上為了不讓女御們作弄更衣，特地把與清涼殿比鄰的後涼殿賜給更衣，強令原先住在後涼殿的女御搬到別的地方去，因此又遭到被迫搬走的女御的嫉恨了。

第二皇太子「穿褲式」是在三歲的那年舉行，當時儀式之隆重不亞於第一皇太子三歲時所舉行的「穿褲式」，他的活潑、聰明，令參加觀禮的人都感到懷疑：「世界上竟然會有這麼可愛的孩子嗎？」

就在這一年的夏天，更衣的病比往年更加重了，因此要求回鄉調養，但是皇上怕一個人寂寞，不但沒有答應，反而安慰道：「還是暫時留下吧！夏季難免會消瘦的，不妨住在此地看看。」

但是沒有想到，才過了五、六天，病情驟然之間加重，已經快到奄奄一息的時候了，更衣的母親也特地來苦苦哀求，皇上這才勉勉強強答應。

更衣躺在病榻上，心想這回可能是最後一次的見面了，本來想藉此最後一次的機會，請托皇上妥為照顧愛子，但是心想皇上大概已經有了計畫，因此為了謹慎，便沒有開口。

皇上望著昔日是絕色佳人的更衣，曾幾何時，現在已經骨瘦如柴、面無人色了，而且呼吸又變得那樣微弱，不禁悲從中來，含著淚說：「妳該記得吧！我們以前曾發過誓：雖然不是同年同月同日生，但願同年同月同日死……」

更衣本來就已經夠傷心的了，現在聽到皇上的話，頓時覺得肝腸寸斷，眼淚如斷了線的珍珠，任由其潸潸落下，更衣微抖著紫白色的嘴唇，氣如游絲地說：

「唉！我生怕這次的別離會成為永訣，我多麼盼望能夠長久伺候陛下，但是命運的安排，又有什麼辦法呢？」

專車把更衣送出宮殿之後，皇上立刻命令有名的高僧到更衣的家去，為更衣的病能夠早日康復而祈禱。

更衣走後，皇上一直心緒不寧，根本無法安睡。午夜過後，使者來報說更衣已於午夜氣絕身亡。皇上一連好幾天茫茫然，把自己關在清涼殿裏，什麼事都不聞不問。

更衣的火葬場設在名叫愛宕的地方，在舉行火葬的時候，更衣的母親哭喊著要和愛女一起燒死。皇上下昭追贈三位，即升為女御，母親為愛女未能在生前升為女御感到難過。宮中的女御們為這件事情又開始嫉妒了，一個容貌美麗、性情嫻雅的女人，生前固然容易遭遇到女人的嫉妒，甚至於在死後仍然不能倖免。

自從更衣去世後，皇上斥退所有的宮女，日夕以淚水洗面，每天過著淒涼憂愁的日子，唯一可以安慰皇上的是：無法忘懷的愛人所遺留下的孩子——第二皇太子。因此皇上常常叫女官及奶媽領著第二皇太子到他寢宮來，以慰寂寥。

轉眼秋天到了，涼風颼颼，是最容易令人心情起伏的季節，皇上特地命令一位名叫靭負的女官去慰問更衣的母親。

更衣的母親自從更衣去世後，日日悶居家中，根本沒有心情打掃庭院，一任艾蒿叢生，淡淡的月光照在上面，一陣冷風吹來颯颯作響，益發顯得荒涼冷清，靭負的宮車馳進荒蕪的庭院，縱目四望，簡直像到了墓地。進入客廳坐定，靭負還沒來得及開口，更衣的母親已經抽噎成淚人兒了，靭負一直等她哭完了才開口說：「皇上無時無刻不在思念令嬡，很希望您老人家帶著皇子去看看他，並希望把皇子留在宮中，可以安慰皇上的寂寞……這是皇上給您的信……」

更衣的母親雙手捧著皇上的信，不覺又涔涔淚下了，哽咽著說：「我近來由於悲傷過度，視力大大減退……」很吃力且恭恭敬敬看完皇上的信。

更衣的母親折疊好信箋，又哭哭啼啼地說：「先夫臨終時一再地囑咐我，無論如何也要想盡辦法把女兒送進宮去，竟很幸運地得到皇上的專寵，但卻因此而遭到宮女們的嫉恨，她雖然忍辱周旋其中，想博取大家的諒解，沒料到別人對她的嫉恨反而與日俱增，可憐脆弱的她怎能禁得起這樣重且又是連續不斷的打擊，所以一病不起……才造成今天的悲劇收場，但是無論怎麼說，我還是永遠不會忘記皇上對她的恩德……」

更衣的母親又回憶起很多悲痛的往事，靭負一邊聽一邊陪著流淚，同時不斷地安慰她，最後靭負說：「已經太晚了，我想趕著在今天晚上回稟皇上。」

庭院中的秋蟲唧唧哀鳴，好像聽懂了她們的談話，也在嘆息似的。

更衣的母親託靭負帶一件愛女生前穿過的衣服及梳粧用具一套呈給皇上做紀念。

近日皇上成天和宮女們對著畫有長恨歌畫傳的屏風，談論唐明皇和楊貴妃的哀艷故事，再不然就是獨自一人吟詠傷感的漢詩。

這一天，皇上一直等到深夜，靭負遲遲才來覆命，皇上垂詢更衣母親的起居近況甚詳，等靭負出去以後，皇上才打開更衣的遺物，手揑著愛人所穿過的衣服，繼而把愛人用過的梳子湊到鼻子上，仍可嗅到愛人的髮香，恍惚之間，在淚眼模糊中，又看見更衣端坐在銅鏡前梳理秀髮，他興沖沖地伸手去撫摸，突然碰到冷硬的窗欞，才發覺原來是幻覺。凝視著遺物，不禁又想到，假使日本也有像長恨歌中所描寫的臨邛道士，能夠去探訪死去的楊貴妃，而眼前這些遺物，又是道士探訪仙境，從更衣那兒得來的信物，那該有多好呀！以前和更衣也曾有過「在天願做比翼鳥，在地願為連理枝。」的誓言，但想不到竟然得到和長恨歌同樣的結局——「天長地久有時盡，此恨綿綿無盡期。」

窗外的月色非常皎潔，弘徽殿女御又開始管弦齊鳴，大奏其樂，聲音傳到皇上的耳裏，此時已到深夜二、三點左右了，皇上依然沒有合上眼過。天亮以後，皇上便又昏昏沉沉，無法上朝。自從更衣去世後，皇上經常是這樣，因此朝廷上下大小官員都為皇上擔憂。

日月如梭，轉眼之間第二皇太子已經六歲了。就在這一年，弘徽殿女御生的第一皇太子正式行太子即位大典，同時，更衣的老母又因憂傷過度而去世，皇上覺得第二皇太子太孤苦伶仃了，因此更加憐愛起來。

翌年，第二皇太子七歲的時候，皇上便勒令宮中宿儒教他念書，同時還另外請人教他習武，希望將來成為成為一個文武全才的人。由於他聰慧過人，因此學藝進步得相當快。皇上召請了一位看相很靈驗的朝鮮人來替他看相，為了保密，特地把他裝扮成大臣的孩子的模樣，豈知這位相師一看，立刻搖頭嘆息道：「這個孩子雖然有帝王之相，但是如果一旦即帝位，就會有災難降臨到他身上，若令當宰相輔佐天子，也似乎不會有好的結果。」

第二皇太子在宮中雖然沒有權勢的大臣可作靠山，可是天資及儀表都沒有人可以望其項背，但是相師竟說他的命運不好，皇上當然很難受，因此更焦急地給他灌輸學問，想藉學問來充實他的實力，將來再給他一個掌握實權的官做，大概可以改變他的命運吧？

相師走了之後，皇上想著第二皇太子的未來及思念更衣，愁眉不展的程度比以前更深了。左右都想如果能夠物色到一位和更衣同樣的絕色美人，皇上的心情大概才會開朗，但是皇上堅信世界上不會再有第二個人有更衣的姿色了。

有一天，一位宮女向皇上晉諫說：她發現皇上表妹的第四位女公主的容貌和桐壺更衣長得一模一樣。皇上便召她入宮，一見之下，不但美貌和以前的愛人不分軒輊，連性情也很相近，便命伺候左右，賜「女御」之官，住藤壺殿，所以就稱「藤壺女御」，從此龍顏大悅，以往的憂傷不知何時早已忘得一乾二淨，朝臣們這才開始寬心了。

第二皇太子十二歲時，皇上替他舉行盛大的加冠典禮，從這一天起就算成年人了，因為相師說過，他不宜繼承帝位，因此就乘那一天，賜姓「源」，視為臣子。

第二皇太子穿上成人服裝之後更顯得俊美異常。不但博覽群書，而且棋琴書畫也樣樣精通，因此有人給他起了一個讚美的名字「光君」，大家便稱第二皇太子為「光源氏」。

左大臣乘光源氏舉行加冠禮的那一天，把女兒「葵」嫁給了他。同時把以前祖母住的房子重新擴建，命名為二條院，作為乘龍快婿的新居。

藤壺女御才十六歲，雖然進了内宮，仍然不失處女的純情，因此非常迷惑於光源氏俊美，光源氏也正是初知戀情的年齡，暗自傾倒於藤壺女御的美貌，對愛情勾畫出無限憧憬和幻想。

皇上行幸藤壺殿時，常常帶光源氏同去，有一次皇上對藤壺女御說：「他是沒有了媽媽的孩子，請妳多照顧他。」

藤壺女御對光源氏先由同情漸漸轉變成愛情，終於兩人在不知不覺中墮入夢幻般愛的深淵裏去了。

女人經

光源氏十六歲時任「中將」（負責宮中門禁的官名，位居「少將」之上、「大將」之下），責任很重，所以經常留宿宮中。

正是梅雨季節，宮中一連好幾天的齋戒日，到了夜晚便格外覺得寂寞。有一天晚上，光源氏獨個兒無聊地在宮中留宿的房間裏看書，「頭中將」（「葵」的哥哥，與光源氏私交甚篤，亦任「中將」之官，為了尊敬及區別，所以稱「頭中將」）來訪。兩人悶得不想講話，頭中將正準備伸手從書架上抽一本書出來翻翻，無意中發現很多五顏六色的情書，便說：「哇！你的情書真不少，相信全是些文情並茂的佳作，可否讓我欣賞欣賞？」

「好，老兄想看的話，還有什麼問題？不過恐怕沒有您想像的那麼好。」

「在您的情書中，您認為最差的，我連作夢都接不到呢！」

「那裏的話，您太過獎了。」

「確實是如此……嗯，各種女人的情書都有！」

「唉！我的戀愛，實在太虛幻了……」光源氏有意引誘頭中將講述他的羅曼史，因此半催促地說：「聽說您有不少艷聞，可否說出來好讓我分享你的快樂？」

頭中將聽光源氏這樣一說，心中難免有一陣飄飄欲仙的快感，便開始從自己的戀愛中所獲得的寶貴經驗來評論女性了：

「我現在才知道，十全十美的女人是不容易遇到的，普通所常見的大多是有一點小聰明的，但是真正能精通一藝的又是少得像鳳毛麟角，而且父母又往往為自己的女兒大肆吹噓，因此很不容易讓人有正確的判斷。另外生長在有錢又有閒的家庭中的小姐，精通一藝的固不乏人，但是她們卻喜歡自以為是地舉一反三，來推想萬事萬物，事實上，她們的推想大多與事實不符，怎不叫人失望呢？」

「我們都希望女人有一藝，不管是棋琴書畫那一樣都好，但是有沒有一竅不通的女人呢？」

「縱然有這樣的女人，還有誰有興趣呢？我想一竅不通和精通一藝的女人是同樣的不多吧？」頭中將繼續說下去：

「最高級的家庭中的小姐，出入有丫鬟環繞著，她們的個性如何，不容易看得出來。次一級家庭的小姐，她們的個性可以自由表現，因此個性特別明顯，而且比較容易接近。至於最下一級的女性，我們是提不起興趣的，乾脆就不必談了。」

光源氏津津有味地聽到這裏，不覺發生疑問道：

「你所說的三級分類法，那一種女人應該歸到那一級？有沒有更具體一點的說明呢？譬喻說，原先是生長在第一級家庭中的小姐，突然家道中衰，或者原來是生長在第三級的家庭中的小姐，突然成為暴發戶，家中侍女如雲，家裏的陳設也豪華富麗起來，那麼這兩種家庭的小姐應該歸到那一級裏去呢？」

頭中將感到這個問題很難回答的時候，左馬頭（左馬寮的長官）和式部丞

（式部省的三等官）兩人卻同時進來了，這兩人也是有名的登徒子，而且又最擅長評論女人，因此頭中將慇懃地招呼他們坐下，歡迎他們參加討論，左馬頭首先發言：

「老實說，如何把天下的女人很恰當地分成上、中、下三級，確實是一件很不容易的事情。依我看，暴發戶的人家，雖然富敵諸侯，在一般人的心目中多少仍帶點輕視；家道中衰的人家也會頓然顯得寒酸起來，因此這兩類家庭中的小姐頂多只能列為中級。」左馬頭興致勃勃地說到這裏，停了一下，看看三位都沒有表示異意，便緊接著說下去：

「……但是，家道中衰之後，假使當起地方官，有的竟因此富裕起來，所以不惜大量的金錢來教育女孩子，此種中級的家庭也往往會有理想的小姐，被皇上寵幸的女官，有不少就是出自這類家庭中的。」

「那麼你的結論不外是說：值得男人愛的理想小姐是出生在富裕的家庭囉！」光源氏說。

「第一級的大家閨秀，我們是沒有接近的機會，萬一有緣碰上了，那當然會有意外的高興，至於第三級，只要有可以見人的，也不妨可以動動腦筋，對嗎？」左馬頭說著特地望了一眼式部丞，好像是要徵求他的同意似的。

式部丞以為左馬頭在暗指他的妹妹，因此僅不太愉快地「哼！」了一聲。

光源氏修長的身子裹了一件白色的內衣，外面罩了一件寬大的便袍，沒有繫上帶子，橫臥在榻榻米上，燭光照在秀麗的臉龐上，看起來真像是一位迷人的少女像，光源氏這樣美貌的男子，就算選一位頭中將所說的第一級上上之選的女子給他，恐怕也難令光源氏滿意吧！

「有些小姐對自己的打扮及家庭教養都嫌不足，不過料理起家務來倒有一手，但可惜的是往往又不怎麼解風情。」左馬頭說。

「上級或下級，故不論面貌美醜，往往有一優點，大概就有一缺點，很少是十全十美的！」不知道是誰深深地嘆息了一聲。

左馬頭又說：

「記得在小時候聽說過這樣的故事：有一位年輕的太太聽見丈夫在外尋花問柳，便無法容忍，立刻寫了一首感傷的詩，然後遁入空門，這種女子的舉止太輕率了，能夠叫男人諒解嗎？」

「對！對！我也有同感，這種女人的心胸太狹窄了，男人在外逢場作戲，便憤然削髮為尼，真的太小題大做了，我認為這種女人，出家之後反而更容易誤入歧途呢！」

左馬頭聽到有人表示很贊成他的見解，他便高興異常地下了一個結論：

「簡單地說，有一位很解風情且情意深濃的小姐，時時安慰你在外受了委屈的心情，這就是娶為正妻的理想對象。」

這一次贊成左馬頭的結論的，只有頭中將一人。

他們對女人的評論漸由抽象而進入實際的戀愛經驗談了。又是左馬頭先開口：

「我以前曾經愛上一位非常愛吃醋的女子，但是她並不十分美，因此我不打算娶她為正妻，只不過是閒得無聊時，找她解解悶而已，有一次她又為了我和別的女人來往而醋勁大發，我正好想藉機會糾正一下她愛吃醋的習慣，因此就說：

『唉！妳這樣愛吃醋，教人怎麼受得了，如果妳不願意學一點容忍的美德的話，倒不如就此分開算了……』

她一聽我這樣堅決的表示，眼淚立刻潸潸而下，並且深情地握住我的一隻手，她慢慢低下頭，我還以為她要親吻我的手呢，冷不防，竟被她用力咬了一口，頓時手指像被針扎了一樣隱隱作痛，我趕緊縮回手呆望著，只見鮮血一點一點向外滲，不知如何是好，此時她不但不道歉，反而罵我是薄倖郎，因此我們就中斷了往來。以後有一天夜晚，雨雪交加，因此覺得格外寂寥，想想沒有其他的女人可找，便想到不如找以前那位愛吃醋的舊情人吧，到她住的地方之後，看見她把我平日愛穿的一件衣服正放在薰籠上用微火熏，以便寒冷時自外進入室內時穿，可是我到處找，就是找不到人，後來問伺女才知道她剛回母親家去了，雖然覺得掃興，但是再一想，我很久不來找她，她竟然還不忘記在冷天時熏我的衣服，她對我如此的忠實，怎不令我感動？因此我們從此又開始藉魚雁往返互通款曲，可惜不久，她卻出人意外地因病而香消玉殞了，那時我真是悲傷得無法形容……」左馬頭含著淚說完了一段羅曼史。

「這真是應該取為正室的理想人選呢！」頭中將同情地說。

左馬頭又接著說了一個自己過去的風流韻事，光源氏對左馬頭所談到的兩個故事中的女主角的典型，都不怎麼欣賞。

「我也有個可供大家一笑的羅曼史。」頭中將便很自然地娓娓道來：

「不久以前，我背著內人在外面偷偷地認識了一位小姐，她孤零零的一個人沒有父母，性情非常內向，人長得很美，是一位纖弱且很柔順型的女人，我因為到處尋花問柳，她那兒自然有時隔了很久才去一趟，不過只要一見面，安慰她三兩句，找些理由搪塞一番，也就很容易應付過去了。但是太久沒去幽會的話，她便會托人帶來一封情意纏綿的情書，我心裏當然會感到歉意，我們如此暗度陳倉，竟生了一個女孩，終於有一天被內人知道了，內人立刻寫了一封咒罵恫嚇的信給她，她接到信之後，當時就寄了一封傷心的信給我，信末附了一首詩及一朵象徵孩子的石竹花，我接到信，趕緊到她的住所去找她，可惜已經人去樓空了，至今下落不明，相信母女一定過著很清苦的生活，這都怪我不好……」頭中將說著，眼淚不自禁淌了下來。

「她在信末附的那首詩可否念出來，讓大家欣賞一下？」光源氏優然自適地問。

「詩是這樣的……」頭中將像學生背書似的呆板地念道：

「妾身本寒微，蟄居在荒園；
荒園不足惜，唯念石竹花。」

光源氏聽罷，呻吟了一會兒，大家都被悲傷的氣氛籠罩著。

頭中將拭乾眼淚之後，對著式部丞說：「你一定有不少有趣的風流韻事，何不說出來給大家聽聽呢？」

「我所追求的對象，就是各位所列的第三級的女人，實在沒有什麼好說的。」式部丞想就此敷衍了事，但是禁不起左馬頭在一旁催促，只好說出他以前和一位才女戀愛的經過情形，內容平平，沒有多大意思。

光源氏聽完他們的戀愛故事之後，不覺想起他心中深深戀愛著的藤壺女御，她確實是一位十全十美的女性，尤其是在今夜，光源氏對她的思念比往日更深。

「帚木」之戀

第二天一早天放晴了，宮中的齋戒節已結束，光源氏想到：自和「葵」結婚以來，由於私戀著繼母——藤壺女御，時常藉故住在宮中。這次確實應該回岳家多住幾天，否則有點說不過去。因此迅速回到岳父家，準備當晚住在二條院，但是左大臣的家臣們都很迷信，煞有介事地對光源氏說：

「不行哪，今天晚上天神出遊，二條院正好在經過的路線上，非要迴避不可，因此今天晚上不能住在家裏。」

光源氏本來可以隨便選一位情人家去過夜，但是怕這樣會刺激「葵」，因此選中了紀伊守的官邸，光源氏派人把紀伊守請來，對他說：

「今夜為了避邪，想到府上去住一宿，不知道是不是方便？」

「真巧，家父伊豫介的眷屬們也是為了避邪，今晚統統到舍下來往，女人太多，怕對您是一件失禮的事情。」紀伊守表示萬分歡迎之前，不得不先獲得光源氏的諒解。

「沒有女人的地方，不是太殺風情了嗎？這倒無所謂，只要有塊容身的地方就夠了。」

黃昏的時候，光源氏帶著五、六個侍從來到了紀伊守的官邸，官邸的庭園佈置得很別致，有假山、水池、小橋流水、數點流螢在園中飛舞，把寧靜的夏夜，點綴得格外迷人，更容易引人遐思。

光源氏久聞伊豫介的夫人頗具姿色，正可藉這次機會一親芳澤，心中主意已定，聽覺頓覺敏銳起來，豎耳細聽，竟意外聽到鄰近被糊紙拉門隔開的房間，傳來婦女喁喁低聲的談話，光源氏躡手躡腳靠近門去聽，由於門關得很緊，無法窺視裏面的動靜，只能隱約聽出談話的內容：

「光源氏這麼年輕就結婚了，真是可惜，聽說他在外面處處留情呢！」

「……聽說光源氏長得非常俊美呢……」

「……………」

光源氏屏息靜聽，生怕她們會談到自己和繼母藤壺的一段秘密戀愛，因此心情極度緊張，幸好她們並沒有提到這些，反而津津有味地談到他曾經賦一首情詩給他的表妹，其餘都是些無傷大雅的流言了，所以光源氏這才放心下來，回到原先的地方，正準備躺下來休息一會兒的時候，有幾個十幾歲的小孩從他面前經過，其中有一個很面熟，曾經在宮中見過，光源氏正想走過去問他叫什麼名字，湊巧此時紀伊守來陪他聊天，他便問起紀伊守有關那個小孩子的事情，紀伊守說那個小孩是他繼母「空蟬」的弟弟，由於避邪，便跟姐姐一起來了，父親曾任右衛門的官，生前很希望他將來能在朝廷裏混個一官半職。

「故右衛門生前很希望我的繼母能夠入宮伺候皇上，但是卻很不情願地嫁給家父，前幾天皇上還垂詢她的近況如何呢……繼母年輕貌美，由於輩分的關係，我不便常去和她親近……」紀伊守面有遺憾之色。

「唉！命運是很難捉摸的，尤其是女人更不容易受自己控制。」光源氏含意深長地問：

「令尊沒有陪她來嗎？」

「沒有，家父住到朋友家去了。」紀伊守回答：

「空蟬雖然在開始時不願嫁給家父，不過婚後，倒也能和諧相處，她頗嚴守作妻子的本分。」

紀伊守怕光源氏想早點休息，不敢打擾太久，便藉故先告退了。

光源氏的侍從們都因為酒醉飯飽，先後去睡了，唯有光源氏認為在這樣美好的夜晚一人獨眠，實在感到有點可惜，因此輾轉反側無法入睡，在恍惚間聽到鄰室有講話的聲音。

「姐姐！你在那兒呀？因為太暗了，我看不見妳。」是先前看到的那位小孩子的聲音。

「我躺在這兒……客人不知道是不是已經睡了？我本來一直擔心客人睡的地方離我們太近，事實上恐怕還遠吧？」空蟬的聲音。

「嗯！我今天總算親眼看到了風流倜儻的光源氏，比我以前聽說的要美多了……」

「你這個小孩子也會有這樣的觀感嗎？」

「嗯！的的確確既瀟灑又英俊。」

空蟬停了一會問：

「咦？剛才在這兒的那個侍女呢？」

「找她做什麼？」

「今天不知為什麼？心裏老是忐忑不安，如果她來陪我睡的話，可能比較容易入睡……」

不一會兒，男孩子走到較遠的一邊去睡覺了。

光源氏立即躡手躡腳地走過去，拉空蟬睡覺的那間寢室的紙門，很意外地裡面沒有扣上，因此輕輕一拉就開了，藉著窗外射進來微弱的月光，光源氏似真似幻地看見一位烏黑長髮的美少婦睡在屏風後面，光源氏心裏想：「這就是名叫

『空蟬』的姐姐了，也就是紀伊守的繼母。」再往四周掃視，看見那個男孩睡在較遠一邊的牆角，並且還有屏風遮住了大部分的身體。

光源氏靜靜俯下身去把蓋在空蟬身上的一件薄衣掀開，空蟬起初還以為是剛才要叫來同睡的那位侍女，待睜開眼睛一看，赫然是位男士，不免驚叫了：「呀！」的一聲。此時光源氏的睡衣長袖正巧遮在空蟬的小嘴上，聲音不至於傳到外面去。

「我這樣突然撞進來，妳可能會把我看成是一個好色且不顧羞恥之徒，事實上，我很久以前就為妳傾倒了，我想寫信給妳，但是苦於無法傳遞，所以只好千方百計地製造出這次機會，請妳相信我，我愛妳是很深很深的。」光源氏脈脈含情地說，她那俊美、瀟灑且從容的儀態，恐怕連惡鬼遇到他，心腸都會軟化……

「啊！您可能是認錯人了吧？」空蟬驚魂未定地說，真以為是在作夢呢，內心既怕又喜。

「不是認錯人，我特地來把真實的愛向妳表露，請妳不要以為我是那麼糊塗的人——會認錯人。」光源氏一邊說，一邊抱起小鳥依人的空蟬，正準備向自己的寢室走的時候，先前空蟬問的那位侍女來了，看到這種情形，一時驚訝得不知如何是好。

「喂！明天早晨來接女主人回去！」光源氏回頭對著那位發呆的侍女說完，便繼續抱住空蟬，三步併成兩步跨進自己的寢室，「砰！」的一聲把紙門關上。

這位侍女看光源氏是很有身分的客人，因此不便大聲喧嚷，只好滿懷疑懼和焦急的心情等到天亮再說了。

空蟬整整一夜都在哭，天剛剛亮，光源氏因為怕被別人看到，只好站在紙門後面把空蟬送出去，侍女早已在門外等候了。光源氏回想這一夜實在感到掃興，但是又覺得這位中級的婦人自有惹人憐愛處，他想今後如何可藉魚雁來傳達思慕之情呢？兩、三天過後，終於想到一個好主意，光源氏特地召見紀伊守說：

「我想請那位小弟弟來給我當書童，有機會時帶他到宮中走走，對他將來想當官的事一定很有幫助。」

「那真是太蒙您寵愛了，不過我要先和他姐姐商量一下。」

四、五天後，紀伊守親自帶那位小弟弟來拜見光源氏，光源氏一心一意想叫他成為自己和他姐姐之間戀愛的橋梁，小弟弟為了自己的前途，同時內心裏確實很仰慕光源氏的丰采，因此極為聽話，所以第二天，他便偷偷地把情書交給他姐姐。

「你回去告訴他，說沒有這個人。」空蟬繃著臉叫弟弟對光源氏這樣說。

小弟弟回到光源氏那兒，光源氏氣沖沖地問：

「回信在那兒？」

小弟弟只好紅著臉，把姐姐叫他說的話重複了一遍。光源氏故意騙小弟弟說：

「你難道不曉得你姐姐和我的關係嗎？本來是要嫁給我的，後來因為她的父母認為我太年輕了一點，才嫁給了那個老頭子，想不到竟這樣忍心不理我？」

小弟弟信以為真，因此有點痛恨自己的姐姐過於薄情，所以對光源氏很表同情，決定要為光源氏奔走策劃。

好不容易又挨到了避神出遊的這一天，光源氏自宮中出來，便直接到紀伊守的官邸，事先已叫小弟弟帶了封信給空蟬，約她今夜幽會，空蟬接到信真是驚喜與悔恨交集，驚喜的是：雖然自己對他一味冷淡拒絕，但是他仍然對自己如此深情眷戀。悔恨的是：相見恨晚——如果是在妾身未許配給伊豫介（伊豫是舊國名，即現在的愛媛縣，介是地方副首長）這個老頭子之前，有這樣年輕俊美的光源氏來追求，那該是多麼的幸福呀！她把思維拉回冷酷的現實中，不禁不寒而慄，深恐自己有夫之身再墮入向光源氏這樣貴人的愛之漩渦裏，為免今夜發生讓人訾議的醜聞，因此特地藉故秘密地搬到另外一間寢室去過夜。

小弟弟不知底細，到處找姐姐沒有找到，最後在走廊盡頭的一間侍女寢室內才找到姐姐，小弟弟一面擦汗一面埋怨著姐姐不通情義，嘟著嘴說：

「姐姐，人家這樣痴情地愛你，也應該抽一點時間見他一面吧！」

空蟬羞紅著臉，窘得要命，申斥弟弟說：

「小孩子不要管大人的事！」

小弟弟看姐姐如此堅決，無計可施，只好垂頭喪氣地回到光源氏那兒，把實情一五一十的告訴光源氏，光源氏無可奈何地說：

「你可不可以帶我到你姐姐隱藏的地方去呢？」

小弟弟面有難色地說：

「她那兒侍女很多，根本就沒有空隙可以接近……」

光源氏呻吟良久，突然想到傳說中，在信州園有一種樹名叫「帚木」，遠看像一個倒立的掃把，跑近一看便消失不見了，光源氏想，空蟬就像是傳說中的「帚木」，因此取出紙筆，寫了一首以歌詠「帚木」為題的詩，聊以寄懷，叫小弟弟送給空蟬：

「帚木人人慕，跋涉信州園；
近觀忽不見，迷失方向中。」

空蟬念完這首隱喻自己的詩，心裏非常難過，便立即和了一首，叫弟弟帶給光源氏：

「帚木本微賤，植根茅舍邊；

隱身雜草中，何勞貴人顧？」

「夕顏」之戀

光源氏十七歲那年的夏天，突然心血來潮，想到京都六條街去看一位很久沒有往來的舊情人，名叫「御息所」。路過奶媽的家，聽說奶媽正在生病，便順便去探望。

光源氏到了奶媽家門口，看見鄰家是用土堆作園牆，圍牆上爬滿了白色的夕顏（「夕顏」就是葫蘆花，葫蘆花在黃昏時開，第二天清晨便凋謝，所以日人稱「夕顏」，與此花相對的牽牛花，則在清晨開，日人稱「朝顏」）煞是好看，光源氏便叫跟隨在身邊的隨從去採幾朵夕顏花來。

隨從便應命前去採花，光源氏乘機瀏覽這一帶簡陋的住家，茅舍數間，雞犬之聲相聞，滿是夕顏的這家人家，有幾位小姐躲在屏風後面窺視風度翩翩的光源氏。

隨從採了幾朵夕顏，正準備回身就走的時候，突然有一位妙齡女郎從側門出來，手裏拿了一把白絹扇招呼隨從道：

「請把夕顏放在扇子上，送給你家主人吧！」

光源氏接過扇子，花香及扇香襲人，不覺心旌搖曳，白絹扇上還有兩行字跡秀麗，墨瀋未乾的詩句：

「夕顏沾夕露，
光彩復芬郁。」

光源氏吟詠這首詩，發現詩中有「光」字，莫非這位善解風情的小姐已經知道自己就是光源氏？正在沉思時，奶媽的小孩惟光開了門，向光源氏道歉：

「真對不起，因為一時找不到開門的鑰匙，害您久等了。」

奶媽扶病起床，迎接光源氏，光源氏貴為皇子卻能不忘哺乳之恩，怎不叫奶媽感激零涕呢？光源氏臨別時，再三叮嚀要請和尚誦經祛病。

光源氏辭別奶媽，心中一直念念不忘題詩的小姐，便暗中問惟光，那位小姐的身世。

惟光和光源氏從小在一起長大，也是一位處處留情的風流種，可是竟對這位楚楚可人的芳鄰一無所知，只好答應伺機探聽之後再行奉告。惟光千方百計向那位小姐的侍女們刺探內情，可是侍女們個個守口如瓶，連姓名都沒有透露，只知道她們是今年五月剛從某地搬來的。光源氏託惟光辦的事，可以說毫無成績可言，光源氏反而覺得如此神秘的女郎頗有交往的興趣，記得頭中將曾把天下的女人分為上、中、下三級，這種女人該屬第三級的吧？本來第三級女人光源氏是沒有興趣的，但是他想每一種女人都去交往一下也是好的，便密令惟光去做穿針引線的工作。

惟光在女人面前最能大顯神通，偏巧那位小姐芳心寂寞，對光源氏心慕已久，因此一拍即合。光源氏由於自己地位的關係，不敢透露身分，萬一傳聞開來，被父皇聽到，那還得了。因此每次幽會都在晚上，而且故意只穿便衣，僅帶最親信的隨從一、二人。

八月十五日夜，月光皎潔如白晝，光源氏只帶了一位那天採夕顏的隨從，陪伴著那位小姐到荒廢已久的別墅河原院去過夜，那位小姐也只帶了一位最親信的侍女，名叫「右近」。

光源氏特地命令替他看別墅的人不可聲張，也不必回二條院去多叫些僕人來伺候。

庭院沒有整理，水池中長滿了雜草、縱目四望滿眼淒涼，活像聊齋誌異裏所描寫的景象。

光源氏打趣地說：

「該不會有狐狸精出現吧？」

她一聽到光源氏說狐狸精，不覺倒吸了一口氣，整個身體投入光源氏的懷裏，光源氏緊緊摟住微顫的嬌軀，益發覺得楚楚可憐。光源氏突然一本正經地問：

「我們交往了這麼久，連妳的家世、姓名我都不知道，不是未免有點……」

「我是流浪天涯的人，知道我的家世和姓名有有什麼意義呢？況且你也是守口如瓶……」

光源氏想彼此大概都有難言之隱，何必打破砂鍋問到底呢？只要兩情繾綣，何必一定要掃興地問這問那呢？

「我很喜歡晚上開、清晨就凋謝的夕顏……」她沉吟了一會，說不下去，淚珠被月光照耀得閃閃發光。

「啊！我就叫妳『夕顏』好了……」光源氏突然獲得了靈感似的。

這個名字太有詩意了，他倆的偷戀就像夕顏，又頗有傷感的氣氛。

他倆沐浴在月光裏，卿卿我我，說不盡的柔情蜜意，不知不覺就這樣睡著了。

光源氏作了一個夢，夢見一位美麗的少女坐在她的枕頭邊，嬌嗔地說：

「你這個薄情郎，到這兒來，不但不來看看我，反而帶了一個下賤的女人來享樂，叫我怎麼忍受得了？」少女說罷，正想去搖醒「夕顏」，光源氏便在此時驚醒過來，四周臘燭已熄滅，但覺陰風慘慘、時聞秋蟲唧唧，不禁毛骨悚然，而且「夕顏」及身旁的右近也都受了驚嚇，一直在發抖。

光源氏拔出明恍恍的佩刀放在枕頭上，如此可以避邪且可壯膽。光源氏吩咐右近去叫值夜的僕人點燈籠來，可是右近早已驚嚇得全身發抖，說什麼也不敢獨自一人去，光源氏拍掌三聲，不但沒有人來，反而在高大空闊的屋宇中激起可怕的回聲，更增加了恐怖的氣氛。光源氏無奈，只好叫右近看守住夕顏，自己走到走廊盡頭去搖醒值夜的僕人，命令他迅速去找燈籠來。

光源氏和提著燭光搖晃的僕人匆匆忙忙奔進寢室時，赫然發現，剛才夢中見到的那位美少女正坐在自己的枕頭邊，但是再定神一看，卻不見了。

光源氏和僕人及右近合力把「夕顏」攙扶起來，竟發現「夕顏」已經嚇得斷了氣了，全身冰冷，光源氏恍如在作一場惡夢，簡直不敢相信，愛人竟會這樣死去！右近開始撫屍痛哭，光源氏真是悔恨交集，覺得不應該選擇如此荒涼無人煙的地方住宿，連想請一位道師來念咒驅鬼都辦不到，也許是自己偷戀繼母——藤壺女御，神明給他的懲罰吧？不禁鼻頭一酸，眼淚像斷線的珍珠，一顆接著一顆直朝下滾，哭了好一會兒，才想到提醒右近說：

「請妳哭聲輕一點，不能讓別人聽到……」可是自己卻一個勁兒哇哇痛哭起來。又哭了一會，光源氏想應該想想善後的辦法，便吩咐僕人去叫惟光來，但是千萬不能讓奶媽知道這件事，又吩咐看守別墅的人起來拉空弓驅邪，四周的暗影都映射到寢室的牆上來，宛似鬼影幢幢，而且遠處森林裡還傳來淒厲的貓頭鷹叫聲，更使人害怕得不得了，光源氏和右近的號啕大哭，漸漸轉成低低的啜泣，幾次樹葉被風颳落到走廊上，都誤以為是惟光來了，左等右等連人影都沒有看到，益發覺得漫漫長夜難熬。光源氏痛恨惟光風流成性，今晚最需要他來幫忙的時候，卻不知道到那兒去偎紅依翠去了？又想到「夕顏」突然死去的事情，萬一傳揚開去，豈不要遺臭萬年了嗎？一念及此，覺得倒不如和「夕顏」一起同歸黃泉的好。

好不容易挨到天快亮的時候，惟光才行色匆匆地趕到，光源氏一看見惟光，就好像小孩受了委屈看到父母一樣，頓時又嚎啕大哭起來，上氣不接下氣地把昨天晚上發生的不幸，一五一十講給惟光聽，並囑咐惟光千萬不能洩漏風聲，連「夕顏」家裏的人都不能讓他們知道才好。

惟光到底不是當事人，因此冷靜多了，他認為光源氏應該迅速回二條院去，因為昨夜一整夜沒有回去，父皇及左大臣一定都很焦急，火葬的事由他代替光源氏料理。惟光認識一位尼姑，打算把夕顏的屍體送到那個尼姑庵去，一定可以代為保密的，光源氏無計可想，只好依從惟光的主張。便立刻用被單把「夕顏」纖巧的遺體裹起來，幾縷黑髮露在布外，光源氏目睹此情，忍不住又痛哭了一場。

由惟光及右近護送「夕顏」的屍體到東山的尼姑庵去，光源氏便乘惟光騎來的馬，帶著僕人沒精打彩地直接回二條院。父皇及左大臣立刻派人來慰問，光源氏推說是探望奶媽的病，而奶媽家裏正巧有一位侍女突然病故，使他沾了邪氣，因此感到很不舒服，不想見任何人。

到了黃昏時分，惟光偷偷來告訴光源氏說：「夕顏的遺體已經停放在尼姑庵裏去了，由右近守候，並且還請了幾位尼姑為她念經超渡，第二天就要火化了。光源氏聽罷，淚珠又禁不住滾滾而下，很想再去看最後一面，惟光深受感動，便說：

「如果真的想去的話，最好就在今夜去，趁天還沒亮就潛回來。」

光源氏立刻換上便衣，悄悄離開二條院，到了「夕顏」停屍的尼姑庵，尼姑正在替「夕顏」念晚經，右近眼淚汪汪守在一旁，看到光源氏，又更加悲慟起來。光源氏目睹「夕顏」的面貌和生前一樣俏麗，身上覆蓋了一件光源氏和「夕顏」生前卿卿我我時合披的紅色外衣，多少次的擁吻、多少次的傾訴，頓成回憶，真是像夕顏花一樣，一夜之間就凋謝了，怎不令人傷心落淚呢？

右近哽咽著說：

「我伺候女主人，已經有好幾年了，這樣遽然歸天，我也不想活了，把我和女主人一起火葬算了……」

木魚磬音，經聲琅琅，使得光源氏一時頗有看破紅塵之感，勉強抑制住悲慟勸右近說：

「生死有命，請妳不要過於悲痛，等女主人的喪事辦完之後，立刻到我那兒來住。」

話雖說得輕鬆，語音一落，光源氏自己也情不自禁感然淚下了。連真正看破紅塵的尼姑們也為之鼻酸。

惟光發覺天快亮了，便催促光源氏趕緊回二條院。光源氏不得已，只好依依離去。在歸途中由於光源氏傷心過度、加之身心交瘁不堪，有好幾次在坐騎上昏厥滾下馬鞍，幸好有惟光在旁扶持，好容易才回到了二條院時，天色已經微明了。

光源氏看了「夕顏」最後一面回來之後，一連臥病了二十餘天，父皇及左大臣焦急萬分，每天請高僧祈禱祛病，並延請天下名醫診治，二條院上上下下的人都忙成一團，到九月二十日，終於可以起床走動了，便強打起精神來晉謁父皇，以便讓父皇寬心。

有一天晚上，光源氏問右近關於「夕顏」的身世，右近深受光源氏一片痴情的感動，便說出女主人的淒涼身世：「夕顏」原來就是和頭中將秘密戀愛，且生了一個女兒的那個失蹤的可憐女人。父母很早就雙雙亡故，由奶媽帶大。

光源氏很想收養「夕顏」和頭中將的女兒，希望如此可以稍慰思念愛人的悲痛，但是又怕如此做，走漏了風聲，讓宮廷中的人傳為笑柄，因此只好作罷了。

伊豫介預定在十月初，攜妻子空蟬赴任地，光源氏特地為伊豫介餞行，並暗中贈送空蟬精緻的梳子、摺扇等紀念品，另外還叫空蟬的弟弟傳遞了幾封情意纏綿的情書。

可愛的「若紫」

夕顏受驚嚇而死，不久空蟬又隨丈夫遠赴任地，光源氏偷戀的兩個女人，都離開了他，一連接受兩次沉重的打擊，身體越來越衰弱，終於又病倒了，藥石罔效，一直到第二年的春天──光源氏十八歲，依然沒有起色。

有人告訴光源氏，有一位老和尚住在京都之北的鞍馬山修行，重病的人只要請他祈禱，無不立刻痊癒，光源氏為之動容，下決心一試。光源氏換上便衣帶了幾個僕人到鞍馬山來，當時已屆春暮，京都皇城裏的櫻花早已凋謝殆盡，但是鞍馬山裏的櫻花卻正在怒放，尤其是老和尚住的禪房，四周怪石嶙峋、泉流潺潺、柳綠與櫻紅相映成趣，又時聞黃鶯輕囀，生病的人一住進這樣美好的環境裏，不必吃藥、祈禱，大概都會痊癒的吧？光源氏每天待在禪房，由老和尚替他念經祛病。

過了四、五天，光源氏覺得身體好多了。有一天黃昏的時候，便獨自步出禪房散步，穿過柳蔭曲徑，意外發現有一家人家就座落在離禪房不遠的地方，房屋四周是用矮樹圍繞成籬笆，光源氏一時好奇，便靠近籬笆，自縫隙窺視裏面的動靜：有一位老尼姑在前廳念經，過了一會，一個十歲左右梳著瀏海的可愛小女孩脹紅著臉，哭哭啼啼跑到老尼姑面前來。老尼姑看了一眼，向在用手拭眼淚的女孩問：

「怎麼啦？是不是又和別的孩子吵架了？」

「犬君把我的麻雀放掉了……」女孩哭著說明原因。

一位中年侍女從後廳到前面來說：

「又是犬君，真是調皮透了，麻雀不知道飛到那兒去了，萬一被老鷹吃掉，那才糟糕呢！」

「唉！我看妳永遠長不大，還是像小孩子一樣為麻雀著迷……」老尼姑不勝感嘆。

女孩還在哭個不停，光源氏發現這個天真可愛的女孩像極了他暗戀的繼母——藤壺女御，不禁又思念起繼母來了。

「爺爺去世的時候，妳媽才十二歲，那個時候，妳媽比起現在的妳要懂事多了……妳現在已經十歲了，應該有點大人的樣子呀！」老尼姑訓誡女孩。

光源氏散步回來之後，立刻向老和尚詢問有關那個小女孩的身世。老和尚說：老尼姑原先是大納言（官名）的妻子，他們生了一個女兒，姿色雙全，本想送進宮伺候皇上，可惜還沒有成為事實之前，大納言竟去世了，只好把愛女嫁給兵部卿（官名）當小老婆，就生下這個可愛的小女孩，乳名教「若紫」，若紫出世不久，由於若紫的母親遭到兵部卿元配夫人的嫉妒，憂憤而死，若紫便由外祖母——老尼姑扶養。

兵部卿是藤壺女御的哥哥，因此若紫就是藤壺女御的姪女，由於有這樣的血緣關係，所以若紫的面貌和藤壺女御非常像。（藤壺女御的「藤」，日語的意思是「紫藤花」，紫藤花的顏色是淡紫色，日人稱淡紫色為「若紫」，因為兵部卿的女兒很像藤壺女御，所以取名「若紫」。）

光源氏聽說若紫是藤壺女御的姪女，而藤壺女御是他的繼母，也是他暗戀著的人，因此覺得若紫格外可愛，認為若紫是未來理想的妻子，竟露骨地向老尼姑表示，想把若紫帶回宮中，親加呵護，聊慰寂寞。但是老尼姑認為若紫的年齡還小，不足為光源氏的遊伴，藉口說若紫的父親兵部卿不同意而婉言謝絕了。

光源氏病癒下山，回到二條院，對若紫一直念念不忘，可恨老尼姑不解風情，只好作罷。正在極端無聊的時候，聽說繼母——藤壺女御生了一場小病，為了希望早點痊癒，便暫時回娘家住的鄉下去調養。光源氏竟以探病為藉口，日夕出入其間，行幽會之實，幾度雲雨之後，珠胎暗結，藤壺女御怕被皇上知道而獲罪，光源氏也為此寢息難安。兩人商量的結果，不得不停止往來，連片紙隻字也無從投遞，光源氏又只好過怨嘆、寂寥的日子了。幸好沒過幾天，老尼姑因為健康情形欠佳，便帶若紫回京都來住，光源氏聽到這個消息，所有的煩惱立刻拋到九霄雲外去了，便興致勃勃地乘機大獻殷勤，常常向老尼姑問寒問暖。

不久，老尼姑病歿，光源氏生怕若紫被他父親兵部卿領回去養，就在兵部卿計畫要領若紫回家的前一天晚上，密令惟光備妥車馬，直馳老尼姑宅第，當時若紫還在熟睡，惟光便把若紫抱進車內，連帶照顧若紫的侍女也一起帶到二條院來。

至此，光源氏總算完成了要呵護若紫的願望。細心教導，希望她將來成為很有教養、人見人愛的姑娘——可作自己的妻子。

若紫很貪睡，日昇三竿還不起床，光源氏便勸誡她：

「女孩子家，早晨要早起，不可貪睡！」

從此之後，每天叫她早起，革除她貪睡的習慣，並且教她寫毛筆字，進步得很快，不多時，字已經寫得相當好看了。

經過光源氏這樣細心地教導之後，過了不久，若紫已經可以成為光源氏的遊伴了，光源氏非常高興不覺舒了一口氣，有如釋重擔的感覺。

「末摘花」之戀

夕顏去世了快一年，但是光源氏依舊不能忘懷，為了排愁解憂，整日在脂粉堆中打滾，因此和妻子——葵的感情便越來越疏遠。

一天，一位替光源氏物色女人的侍女向光源氏說：

「我以前曾經在常陸親王家當侍女，親王有一個女兒，性情非常溫柔，而且又善解音律，彈得一手好琴，可惜自從常陸親王去世後，家道中衰，她現在一個人過著非常窮困、寂寞的日子。」

光源氏聽說有這樣的女人，當然不願放過。在一次月明之夜，光源氏透過侍女居中牽線，便和親王女兒幽會。豈料頭中將發覺光源氏形跡可疑，便暗中跟蹤而來。

光源氏和親王女兒在月光下彈琴作樂，待盡興而返時，卻在歸途上遇到頭中將，從此之後，頭中將便參與競爭，兩人都不斷地寫情書給親王的女兒，積極表露傾慕之意。親王女兒接到兩人的情書，頗令她左右為難，不知如何處理是好，乾脆雙方都不回信，雙方的個別約會也不拒絕，競爭的結果，光源氏獲勝。

由於親王的女兒過於拘謹守禮，再加上約會的時間又都是在晚上，因此光源氏一直沒有機會看清她的容貌。

有一天晚上大雪紛飛，光源氏格外覺得寂寞，便來找親王的女兒聊天，親王的女兒由於父親過世後，一貧如洗，不但沒有侍女，連燈油、臘燭都買不起，只好靠窗外映射進來的微弱雪光來權充燭光了。

屋外寒風呼嘯，直吹得茅屋颯颯作響，不禁使光源氏聯想起去年夕顏在河原院的荒涼別墅中嚇死的往事來，因此整夜都在忐忑不安中熬過。

第二天天剛微明，親王的女兒送光源氏出來，走在走廊上時，藉熹微之曙光及白雪反光之助，光源氏才看清了親王女兒的廬山真面目，驚為鬼怪：體型瘦長、天庭寬廣得和臉不相稱、面色蒼白毫無人色、鼻子長而大，而且鼻子的尖端又是紅紅的，活像一朵「末摘花」（花名，又稱「紅花」，光源氏曾以「末摘花」崁入詩中來譏諷她的醜陋，因此以後「末摘花」竟成為她的名字了）、而且衣著又不入時——穿舊的黑貂皮上衣、褪了色的紫裙子。唯一稱得上美的是：光可鑒人的烏黑長髮。光源氏非常後悔，像自己這樣一表人才的翩翩公子竟會醉心於如此醜陋的女人？

光源氏雖然決心不再和「末摘花」往來，但是很同情她的生活清苦，時常餽贈絹、綾等物。

光源氏失望於「末摘花」之後，便常常陪伴天真可愛的若紫在二條院玩。

有一天，光源氏和若紫兩人在玩木偶人，玩了一會兒，光源氏一時興起，便取出紙筆、顏料畫人頭，畫了一個長髮披肩的少女，並且把鼻尖塗成紅色。同時，光源氏照著身旁的鏡子，先把白色顏料塗在自己臉上，然後又把鼻子染紅，若紫望著光源氏這一副小丑的滑稽模樣，不禁捧腹大笑。

光源氏和若紫玩這樣的遊戲，使他聯想起被遺棄的「末摘花」，光源氏凝望著庭院中朵朵怒放的紅梅，和煦的陽光親吻著迎風輕舞的花瓣，在這樣美好的時光，光源氏想到被自己遺棄的「末摘花」不知道如何排遣憂愁呢？

紅葉賀

光源氏十八歲的那年十月，正巧是父皇準備過五十大壽的時候。

十月是紅葉（楓葉）開始轉紅的月分，宮中上下忙著招請樂師演奏。好在十一月皇上生日那天熱鬧一番。當時的貴族，自四十整歲開始，每過十年就要舉行隆重的慶賀儀式，稱「四十之賀」、「五十之賀」等，依年歲之數，找四十、五十個寺院誦經祝壽。在誦經的同時，並招請樂師、藝人奏樂、舞蹈助興。

皇上的生日慶祝會，預定十一月楓葉最紅的時候，在朱雀院舉行，按照習俗，天皇行幸朱雀院的那天，嬪妃都不可跟去的，但是由於皇上寵愛藤壺女御，所以特別在宮中預演一次，可讓藤壺女御及其他宮女們飽一次眼福。在預演時，有一個最精采的節目是「青海波」舞（「青海波」是中國青海地方的一種民俗舞蹈，傳至日本後，竟成為日本古典舞中最華麗優雅者。）由光源氏與頭中將兩人對舞，如候鳥展翅飛臨青海之波，觀者無不擊節贊賞，尤其是藤壺女御目睹愛人的翩翩舞姿，有無法形容的感受。

在皇上行幸朱雀院（即在朱雀院祝壽，又稱「紅葉賀」）當日，東宮（弘徽殿女御所生第一皇太子即法定王位繼承人）、各位皇子、公卿大臣、僕人等不分貴賤全部到齊。朱雀院湖中畫舫逡巡，笙歌之聲泛於水面。湖的四周環繞著比春花的紅更要燦爛的楓樹，楓樹下有很多樂師在鋪滿了紅葉的地上吹奏笛、笙、篳等樂器，樂聲與高山的松風之聲相扣，宛似天上飄下來的仙樂。當然最吸引人的還是光源氏和頭中將合舞的「青海波」，比在預演的那次更令人叫絕，尤其是光源氏的舞姿及容貌最讓人百看不厭，連欣賞能力低的僕人們都看得目瞪口呆。承香殿女御所生的第四皇子還是小孩子，竟也穿著童裝獨跳了一支「秋風葉」的舞，也贏得了不少掌聲。最後，大家欣賞了一陣子楓葉、吟了幾首應景的詩，才盡興而返。

當天晚上，皇上賜光源氏為正三位、頭中將晉陞為正四位下、其餘文武百官也各有榮賜陞遷，皇宮上下到處都是喜氣洋洋。

若紫已經快十一歲了，穿上華麗的衣服，看起來，儼然是一位風姿綽約的少女，但是童心未泯，依舊喜歡抱著洋娃娃玩，玩累了就伏在光源氏的膝蓋上呼呼入睡，光源氏看她這一副天真的模樣兒，更加疼愛得不得了，幾乎是寸步不離，時時陪伴著若紫遊戲。葵（光源氏之妻）目睹丈夫竟光明正大的把若紫帶進二條院來當「養女」，內心感到如刀刮一樣地痛苦，但是顧慮到身分地位，因此又不能大吵大鬧，只好暗中悲嘆命苦。左大臣也為女兒婚後生活的不美滿，而感到歉疚與焦慮。

紅葉賀之時，藤壺女御的腹部已漸漸隆起（懷孕），到第二年年初，終於生下一子，皇上不明究裏，枯楊生稊，自有說不出的興奮。但是藤壺女御心裏有數，小孩是她和光源氏生的，像極了光源氏。

藤壺女御感到罪孽深重，而且人言可畏，藤壺女御自懷孕起便忐忑不安，待生下小孩後，遭人在背後指指點點，内心更覺愧悔交集，因此臨盆後，足足有一兩個月，不讓皇上看一面孩子，到了五月，皇上才看到「自己的孩子」，一見他容貌美若光源氏，反而龍顏大悅。是年七月竟冊立藤壺女御為皇后。皇上想退位，並有意改立藤壺女御新生的小孩為東宮（王位的法定繼承人），因此引起弘徽殿女御的不安及嫉恨。皇上不得已，只好取消原意。

花宴

皇上五十大壽之「紅葉賀」過了的第二年二月二十日，宮庭中舉行櫻花宴——觀賞櫻花的雅集，地點在紫宸殿前的廣場上，是「風暖鳥聲碎，日高花影重」的遊樂季節。親王、公卿大臣、僕人等，大家按照官位的尊卑依次圍繞著一個表演臺坐下，皇上則端坐在表演臺的正北邊，左手坐的是弘徽殿女御生的皇太子、右手則為藤壺女御。

由於去年，光源氏在「紅葉賀」時所表演的「青海波」舞，特別令人激賞，這次藤壺女御即堅請光源氏再來舞一曲拿手的舞蹈，光源氏便舞了一支名叫「春鶯囀」的舞，該舞在跳的時候，是以模仿春天黃鶯站在梅枝上婉囀時的情態。

光源氏的舞姿確實太優美了，贏得大家不停地叫好、鼓掌。

頭中將不讓光源氏專美於前，竟毛遂自薦跳了一支「柳絮園」舞，固然也很叫座，但是和光源氏的「春鶯囀」比，就顯得遜色多了。

光源氏及頭中將表演完畢之後，大家便紛紛跑到櫻花樹下，各人跳各人的舞，這場賞花的雅集，到什麼時候才結束？頗難說出正確的時刻。

夜幕漸漸四合，皇上、嬪妃、皇太子等都已經回宮了，集會的人也三三五五成群地離開。最後，廣場上空無一人。

月亮自東山頂苒苒升起，雖然是缺月，依然皎潔如畫。光源氏因為喝了幾杯酒，稍微有幾許醉意，興致反而更好，在這月明星稀的良宵，自然越發想見藤壺女御，便到嬪妃們暫時為賞花而集中的住區來，遺憾的是，藤壺女御的房門竟關上了，他只好望而卻步。但是相鄰一排房子的走廊大門卻沒有上鎖，光源氏佇立張望了一會，沒有聽到什麼動靜，大概都已熟睡了吧？正在這樣猜想的時候，走廊盡頭竟意外地傳來少女的吟詩聲：

良夜漫漫月朦朧，
獨依雕欄露濕衣……

光源氏聽到如此嬌滴滴、如怨、如慕的聲音，不禁又春情蕩漾起來。隱藏在陰影裏面，慢慢走近那位吟詩的少女背後，突然一把抓住少女的衣袖。

「啊！誰？讓人嚇一跳……」少女心裏這樣想，幸好沒有驚呼出來。

「請妳放心，我不是壞人。」光源氏柔情似水地說。

少女聽出來是光源氏的聲音，便半推半就，沒有掙扎、也沒有逃避。少女沒有透露芳名，在朦朧的月光中，好似月中嫦娥一樣的美艷，一夜纏綿之後，光源氏乘夜色未明之際，匆匆離去，並且還互贈折扇，留作這次雲雨之歡的紀念。

光源氏回到自己的寢室後，伊人的倩影一直縈繞腦際，心中一直猜不出，到底這位可人兒是那一位貴族的千金呢？

又到了紫藤花盛開的季節。

弘徽殿女御的父親右大臣在官邸舉行紫藤花宴——觀賞紫藤花的雅集。很多親王、公卿等貴賓被邀請來賞花。

光源氏當然也是被邀請的貴賓之一，在紫藤花架下設宴，一些騷人雅士便一面賞花、飲酒，並且引吭高歌、或賦詩。

正在觥籌交錯的時候，光源氏悄悄溜出宴會場，走到右大臣女兒們所住的地方來，因為光源氏猜想那天在「櫻花宴」的晚上所邂逅的那位可人兒，可能就是右大臣的一位女兒。

光源氏每走過一間房子，便很仔細地朝裏面窺視，不久走到一間垂有窗帘的臥室，突然聽到一位少女坐在屏風後嬌聲嬌氣地在嘆息，光源氏聽出這個熟悉的聲音，就是「櫻花宴」邂逅的少女，便躡手躡腳走到屏風後面，慢慢伸出手一把握住少女的玉手，心中真是說不出的興奮……

「紫藤花宴」的第二年，皇上自動讓位給弘徽殿女御所生的皇太子。

皇太子登位之後稱朱雀帝，最受刺激的，莫如光源氏，因為在此以前，他可以為所欲為，萬事皆由父皇袒護，從今天起，他那放蕩不羈的言行，不得不稍微收斂一點了。

日本古代的習俗，皇帝駕崩、或讓位的時候，伊勢皇太神宮的齋宮及京都加茂神社的齋院（「齋宮」、「齋院」皆為重要官職名，親王或公主始有資格被任命）都必須更換。因此，朱雀帝便命「御息所」的女兒任齋宮、他的同胞弟弟為齋院。

齋院上任不久，便舉行修禊（袚除不祥的祭典），遊行的行列非常壯觀熱鬧，住在京都的人都擠來看熱鬧，光源氏也來參加遊行行列，很多人久仰這位風流王子的大名，都紛紛圍攏來瞻仰光源氏的丰采。

光源氏的妻子葵禁不起侍女們的慫恿，也乘車來看熱鬧。

「御息所」要陪女兒（任伊勢皇太宮的齋宮）到伊勢去，在去之前，想悄悄地去和情人光源氏告別，因此便乘車去找光源氏，但是走到大馬路上竟遇到遊行的行列，人山人海，再加上達官貴人們乘車來看熱鬧，因此擠得水泄不通。「御息所」的座車正在進退維谷的時候，偏偏又迎面碰上葵的座車，雙方的侍衛便開始爭吵，互相要對方讓路，葵的侍衛們比較蠻橫不講理，「御息所」的座車被逼讓路，不但如此，連座車也被撞壞，弄得她進退兩難，既不能盡興觀賞遊行，也不能去向光源氏告別，而且看熱鬧的人像海水漲潮一樣，一波接著一波湧來，要想回去都辦不到。「御息所」心中趕到非常懊惱：早知如此，不出來就好了。

事後，光源氏才知道妻子和「御息所」發生過如此不愉快的爭執，便寫了一封道歉的信給「御息所」，「御息所」接到光源氏的道歉信，依然餘怒未息，耿耿於懷。結果，弄得光源氏、葵大家的心裏都不舒服。

不久，葵竟因為鬱鬱不樂而病倒了。在以前的人總認為生病是各種鬼怪附身的結果。因此必須請和尚、道士念經、畫符，把各種鬼怪從病人身上趕走，則病人就會痊癒。

左大臣便立刻延請和尚、道士為愛女念經、祈禱、畫符。不久，各種附在身上的鬼怪差不多都已經被驅逐光了，但是還剩一個「御息所」的鬼怪——爭路而發生的不愉快，深深嵌入記憶中，無法驅除。

葵披著烏黑而長的秀髮，裹著一身白色的絹袍，顯得一副楚楚可憐的樣子，望著身邊同床異夢的光源氏，不禁又悲從中來，淚珠兒滾滾而下。

葵的病情漸漸好轉的時候，竟生下一個男孩，娶名夕霧，大家為此而稍覺寬心：認為葵生了小孩之後，夫妻的感情會因此而好轉。但是葵本人卻不敢抱此幻想，因此越來越消瘦，唯有左大臣倒是非常高興，特地一連好幾天，為外孫舉行盛大的慶祝宴。

秋天到了，宮中忙於「除目」（「除目」中文的意思是指皇帝任命官吏的詔書，而日文在此的意思是指在平安朝時代，任命大臣以外的臣下的儀式），左大臣、光源氏、頭中將等都要進宮參與會議，大家都到宮中去了，家裏自然就顯得格外冷清，葵的病況因此而日漸惡化。終於有一天，葵咳嗽不止，感到呼吸困難，立刻叫僕人到宮中去通知光源氏，但是僕人還沒趕到宮中之前，葵已經去世了。

這件不幸的事情，發生得太突然了，光源氏及葵的父親左大臣一時都不敢相信會是真的。

太上皇（光源氏的父親，此時已讓位給太子，所以稱太上皇）聞訊，甚感悲悼，並親自到左大臣家吊喪。

左大臣已經是六、七十歲的老翁了，突然喪失愛女，內心的痛苦，實非筆墨所能盡述。

光源氏和葵的性情雖然合不來，但是總算是同枕共眠過的夫妻，人非草木，孰能無情？回想起自己做了很多讓葵傷心的事，不覺熱淚盈眶。如今他想：唯一可留為紀念的、安慰心靈上所受的創傷的，就是葵所生的孩子了。

葵為什麼突然會去世的呢？以後才知道，是為了看遊行那天和「御息所」爭吵的緣故，一直積恨在心，終於憂憤至死的。

葵死後的四十九天之內，光源氏一直悶坐在左大臣家裏服喪，大有度日如年之感。服喪完之後，趕緊回到二條院，因為若紫在二條院日夕盼望光源氏早點回來。

多日不見，若紫顯得更美艷、更成熟，亭亭玉立得像位誘人遐思的少女了。光源氏他那寂寥、冰封的心湖，一遇到若紫，就好像沐浴在春天的陽光中，心湖又泛起一圈圈的漣漪。

有一天，到了很晚，尚未見若紫起床，二條院裏的僕人們大家正在訝異的時候，光源氏召見惟光，叫他迅速去準備結婚慶典的事情，原來光源氏和若紫已經是秘密結婚的第三天了。從此以後，大家尊稱若紫為「紫上」。

（「若紫」是她小時候的名字，成年之後，便叫「紫」，「上」是日本古代對貴人之妻的尊稱，例如光源氏的元配夫人，名叫「葵」，尊稱則為「葵上」，筆者恐讀者誤會「上」為名字的一部分，顧一律去掉「上」字）。

很快又到了新年元旦，光源氏特地到朱雀院去向父皇拜年，然後到左大臣岳父家去慰問，抱起淡忘了的紀念品——夕霧，心中有說不出的淒涼之感。同時又拜見了岳母大人，岳母特地縫製了一套新年禮服送給光源氏穿，岳母和光源氏聊天，談來談去大多是以葵為中心的話題，說著、說著，岳母又情不自禁老淚縱橫了。

光源氏最覺得有意義的事是去看她和繼母藤壺女御所生的小孩，長得很快，眼睛、鼻子、嘴巴都像極了自己，但是有人在背後說這位幼小的皇太子不是太上皇和藤壺女御生的，言外之意，不必猜都可以知道了，因此光源氏非常焦慮不安。

第二章　命運坎坷

王子之悲感

葵的突然去世，可以說是揭開了光源氏悲慘命運的序幕。

自從葵與「御息所」發生不愉快起，光源氏便沒有再去找過她了，因此她不免也會想到：光源氏是不是把我給忘了？

「御息所」的女兒任齋宮後，「御息所」便打算陪女兒到伊勢去，光源氏聽到這個消息，有好幾次想寫信給她，卻又打消了這個念頭。「御息所」也沒來找光源氏，竟快快不快地離開了京都。

「御息所」的女兒到伊勢皇太神宮之前，必須要先使身心清淨，因此特地先在嵯峨野（京都市右京區嵯峨附近）建了一幢簡陋的房子，住在裏面祈禱，以求身心清淨。

光源氏竟遠自二條院徒步走來探望她們的陋居，光源氏為了不願被人看到，特地找有長草的地方走，時至秋季，秋蟲時時從將枯萎的草叢發出唧唧的鳴聲，寒風吹過松樹枝，發出呼呼聲，與蟲鳴交織成一片，徒增感傷。

「御息所」和女兒同住的暫時性的房子，四周用樹枝圍成籬笆，在正門的前面，搭了一個簡單的牌坊，到處可以看見祭祠官走來走去。

光源氏和「御息所」很久沒有見面，說不出心中有多麼的懷念，因此見面時，兩人都哭了起來。

光源氏到嵯峨野探望過「御息所」之後，本想就此一刀兩斷，但是總下不了決心。不久，「御息所」終於和女兒到伊勢去了，光源氏經常一個人呆立在晨霧中思念著「御息所」，內心覺得無限的寂寞。

太上皇近來多病，到這一年的十一月，病勢越來越嚴重，隨時都有駕崩的可能。

自光源氏起、新繼位的朱雀帝、藤壺女御、弘徽殿女御、皇子、皇女等全部聚集在太上皇的病榻四周，垂死的太上皇，望著自己的兒子都已長大成人，可以接續帝業，頗覺安心，臨終遺言，要光源氏輔佐新繼位不久的朱雀帝。

大家悲感地聚集在皇宮位為太上皇服喪，一直守到七七（四十九天）之後，才離開，藤壺女御回到京都三條街地方的家。

太上皇一駕崩，光源氏所居住的二條院頓時冷清起來，和太上皇在世時，賓客盈門的熱鬧情況相比，簡直是不可同日而語。同時左大臣在朝廷中的聲望也一落千丈，到了第二年的春天，不得不知趣地提出辭呈。右大臣則晉陞為太政大臣。右大臣的一位女兒——曾在櫻花宴的那一夜和光源氏發生關係者，晉封尚侍，尚侍是女官中最高的職位。弘徽殿女御成了天皇的母親，地位崇高，因此大家都對她必恭必敬。

光源氏悶坐二條院，一些趨炎附勢的人，早已經不來往了。除了紫（及若紫成人以後的稱呼）安慰他以外，還有就是頭中將，尚能不忘故人之情，常常來探望這位失意的風流王子。

時間過得很快，一轉眼，太上皇已經駕崩一年了，藤壺女御為了安慰太上皇在天之靈，特地做了一次場面很大的佛事，佛事做完之後，藤壺女御竟削髮為尼，皈依佛祖，最感到吃驚及悲痛的，自然就是光源氏了。從此以後，他身邊最親近的人——左大臣、藤壺女御、「御息所」等，都漸漸越來越疏遠了，光源氏內心的悲痛因此與日俱增。

尚侍後來成為朱雀帝的皇后，光源氏對她依舊念念不忘。尚侍和弘徽殿女御一起住在右大臣家，有一天晚上，光源氏竟大膽地潛入尚侍的臥房，和尚侍纏綿了一夜，豈料到天快亮的時候，突然雷聲大作、電光閃閃，接著就是可怕的傾盆大雨，右大臣的僕人們都被雷雨驚醒，一時大家驚慌成一團。光源氏心想，總得設法溜出尚侍的臥房才好，但是此時右大臣的僕人都已經起來了，萬一走出來被人看到，豈不是更糟嗎？因此便一直躲在尚侍的臥房內，不敢出來。

右大臣關心女兒（即尚侍），特地來看看女兒有沒有受驚？豈料一進女兒的臥房，竟發現光源氏躲在裏面，右大臣對光源氏這種行為甚表憤怒，光源氏覺得非常難為情，真希望地下有一個洞可以立刻鑽進去才好。

光源氏大為受窘，心想：「假使父皇還在世的話，這件事情當可大事化小、小事化無。」

右大臣立刻把這件事情原原本本告訴弘徽殿女御，弘徽殿女御一向就對光源氏看不順眼，因此便乘這次機會和右大臣商量，如何奪去光源氏的官位，把他趕出京都去。

避居海隅

自從光源氏和尚侍那次幽會被右大臣撞見之後，右大臣一家即以弘徽殿女御為中心積極策劃如何對付光源氏。光源氏深恐遭到莫須有的罪名，倒不如自動離開京都，到偏遠的地方去，藉此表明沒有任何政治野心，這樣做才是保身遠禍之道，等情勢對自己有利之後，再伺機返回京都，經過仔細考慮，選定須磨為避難的地方。

在今天來說，須磨是神戶市的一部分，位神戶西南海濱，白沙青松，是賞月的最佳去處，但是在當時，卻是人煙稀少，極為荒涼的偏遠地方，犯了罪的人往往被流放到這兒來。

光源氏已經決定要避禍到須磨去，不禁又要為離開一些親近的人而難過起來，最令他痛心的是莫過要和日夕耳鬢廝磨的紫分手。

當光源氏把要避居須磨的決心告訴紫時，紫頓時萬分悲痛地哭了起來，並且央求道：

「不要讓別人知道，把我也帶去吧！」

「不行，那兒太荒涼了，除了颶風與波濤之外，別無他物，怎能帶妳去過那種寂寞的日子呢？」光源氏不覺悲從中來。

「無論多麼荒涼的地方，只要能夠和你在一起，我就不會感到寂寞！」

紫雖然再三地請求，光源氏仍舊不答應。

一天晚上，光源氏一個人悄悄地到左大臣家去看夕霧，光源氏心想，快要離開自己的小孩子了，不禁悲痛萬分，但是夕霧還不解離別為何物，一看到很久不見的爸爸，高興得不得了，摟摟抱抱、牽著爸爸的手轉圈子，並且還撒嬌。

光源氏含淚凝視著夕霧他那稚氣無憂的臉，心裏想：「我們要分別一段很長的時間，如果再有機會見面的話，你還認識爸爸嗎？」想到這裏，真是心如刀割，一把把夕霧抱起來，緊緊地摟在懷裏。

光源氏和左大臣、頭中將談了一夜的話，直到第二天破曉，才依依不捨地離開左大臣家。

光源氏要動身到須磨去的前一天，特地上山去參拜父皇的墓，光源氏跪在墓前，雙手合十膜拜，一面喃喃自語，把自從父皇駕崩後所遭遇到的一切不幸，統統傾訴出來，恍惚之間，又看到父皇站在面前，一如往昔一樣流露出關懷他的表情，但是定神再看時，只見長了青苔的墓碑屹立在露草之中。光源氏參拜完父皇的墓之後，立刻下山來到藤壺女御住的地方，向她告別。兩人見面，回憶往事，都忍不住潸潸淚下，光源氏請她照顧「皇太子」——以前光源氏和她生的。

第二天，天還未明，乘紫還在夢鄉的時候，便悄悄動身，帶著六、七名忠心耿耿的僕人（惟光也跟去了），踏著朦朧的曉月之光，向須磨出發。

時至春暮，沿途但見片片粉紅色的櫻花飄離枝頭，在晨霧中迎風飛舞，遠遠望去，還以為是一群群多情的蝴蝶在拼命阻擋春的歸路呢！

從京都到難波（即現在的大阪市）是坐牛車，速度緩慢，正好有時間瀏覽沿途的景色，及回憶以前連續不斷的風流韻事，離京都越來越遠，對紫的懷念卻越來越深。

到了難波，稍事休息，便改乘帆船直駛須磨。

對光源氏來說，這樣的旅程，生平還是第一次，怎不叫他柔腸寸斷呢？回首眺望，但見海上煙波浩渺，岸上山峰連綿，分辨不清京都、難波現在到底在那個方向，但能肯定的是：漸漸地遠了。

光源氏到了須磨海濱，便揀了處背山面海的地方，蓋了一幢簡陋的房子，並命僕人佈置庭院，植樹種花、挖水池、築假山，置身其中，遊目騁懷，也自有一番閒雲野鶴的雅趣，但是唯一感到遺憾的是：在此地沒有一個人可供傾吐心曲，大有流落在完全陌生的異國之感，今後如此漫長的歲月，真不知如何度過？

光源氏每次想到遠在京都的一些親近的人，只好用紙筆來傾吐思慕之情，也唯有靠寫信才能打發掉難熬的寂寞日子。

時光在鬱悶愁苦中悄悄溜走，不知不覺已是秋風滿樹衣袂生涼的季節了。白天聽不太清楚的海浪聲，一入夜便濤聲大作。須磨自古是月光最迷人的地方，但是光源氏見到如此美好的月色，反而平添傷感。

有數不清的晚上，僕人們呼呼入睡了，但是光源氏一個人思前想後、輾轉不能入睡，靜聽沉鬱澎湃的潮水聲及連續不斷呼嘯而過的山風聲，往往一整夜都沒合上眼。

白天的時間非常難熬，光源氏只好練習寫毛筆字、及寫生，希望藉此忘掉煩惱及時間。

有一天快接近傍晚的時分，光源氏手持佛經一卷，在庭院中一邊欣賞花草、一邊讀，心想：「我豈不是成了和尚了嗎？」光源氏的身影在暮色中顯得格外地瀟灑俊美。

不久，一輪金黃色的明月，自飛濺著白沫的墨藍海濤中冉冉昇起。

光源氏猛抬頭，眺望著滾圓的月亮，才想起今天原來是中秋節，每年的這一天，宮中照例都要舉行賞月宴，騷人墨客聚集在一起，一面賞月，一面飲酒賦詩，或者引吭高歌，由於光源氏多才多藝因此在這一類的雅集之中，每次都是最引人注目的人物。

光源氏沐浴在清輝之中，益發思念遠在京都的人，他想：「他們今夜也該會像我思念他們那樣在思念我吧！」不覺脫口而出吟詠著唐人「共看明月應垂淚」的詩句來。

一個人越想越傷感，便走進房內，取出琴，坐在窗前的屋簷下，對著明月，彈起琴來，欲把滿腔憂怨寄托在悠揚的琴音之上，讓它溶融於清輝銀光之中。

不知道彈了多久，有一位僕人來稟告光源氏：「已經很晚了，請上床休息。」光源氏停止彈琴，望著明月發愣，絲毫沒有回房的意思。

轉眼間，詫紫嫣紅的春天又來到人間了。

去年移植到庭院中的櫻花，已經好像十六、七歲的少女那樣惹人憐愛地怒放著。光源氏目睹燦爛的櫻花，不禁又聯想起去年在京都舉行櫻花宴的時候，自己還在盛會上舞「春鶯囀」，贏得大家熱烈的掌聲，如今落得這步境地，早已沒有舞「春鶯囀」的雅興了。

皇宮中，現在又是賞花、宴飲的季節，以前在賞花時向少女調情、或在宴飲時賦詩作樂，絕對少不了光源氏。如今，他卻只有獨聽潮聲、或默數落花的份兒了。

一天，光源氏正在對著櫻花吟詠「年年歲歲花相似，歲歲年年人不同。」的詩句時，意外地，頭中將，遠自京都趕來看他，這一份溫馨的友情，使光源氏感動得熱淚盈眶，緊握住頭中將的手，久久說不出話來。

頭中將把自從光源氏避居到須磨來之後，皇宮中所發生過的大小事情，詳盡地說給他聽，光源氏一面注意聽，一面不斷嘆氣，最令他牽腸掛肚的就是紫、及夕霧。頭中將說，夕霧還不懂事，每天蹦蹦跳跳，根本不知道爸爸是被逼到偏遠的海隅去避難的事，左大臣一看到不解人事的外孫，就禁不住老淚縱橫起來……

他們倆要談的話實在太多了，好像永遠講不完似的。光源氏真希望頭中將能夠不要回京都去，可以時常在一起促膝談心。

光源氏想起以前宮中齋戒日的時候，正逢梅雨季節，和頭中將在雨夜評論女人，那樣優閒的日子不可能再有了。

三月一日，光源氏到海邊去行修褉（向神祈禱，祓除不詳的祭典），做了一個小稻草人，放進一條像玩具似的船上，然後放到海上去，讓小船漂走，意思是希望小稻草人把光源氏的惡運帶走。

這天，天空碧藍如洗，海面波平似鏡，光源氏凝望著漸漸遠去的小船，跪在海灘上，虔誠地向神祈禱：

「神啊！請你寬恕我以前犯的過錯，請你憐憫我，再降福給我吧！」

萬沒料到，光源氏剛剛開始祈禱，突然狂風大作，碧藍如洗的天空頓時烏雲密佈，電光閃閃，修褉的儀式沒有完畢，便下起傾盆大雨，狂風把平靜的海面捲起千萬座如高山似的波濤，勢如千軍萬馬一排排向海岸衝來，好像是世界末日到了一樣的恐怖。

僕人們個個驚慌失措，也顧不得主人了，立刻拔腿向岸上狂奔。

光源氏淋成一身落湯雞，狼狽不堪地回到住宅，為了壓驚，一直在喃喃不停地念佛經。

到了晚上，風雨依舊很大，唯有雷聲稍微減小了一點。

一位驚魂甫定的僕人說：

「今天下午我們如果逃慢一點，恐怕就被波濤捲到海裏去了！」

「我生平還是第一次遇到這樣危險的事情！」另外一位僕人搭腔。

第二天，天將黎明的時候，大家因為受了驚嚇而過於疲倦，所以仍在酣睡中。光源氏則在昏昏沉沉、半睡半醒的情況下，夢見海龍王派了一位使者來召請他去。光源氏嚇得驚醒過來，心想：「聽說海龍王喜歡俊美的男子，恐怕看上我了，所以才特地派使者來召我去！」

自從光源氏作了這個惡夢之後，便計劃早一點離開海邊，搬到內陸地方去住。

「明石」之戀

自從修禊日那天起，風雨一刻都沒有停過。

光源氏悶坐屋中，靜聽外面排山倒海的浪濤聲、令房屋震撼的風聲、及像瀑布傾瀉的雨聲，不禁想起住在京都的紫、藤壺女御、夕霧……等，不知道他們在這樣的風雨中，是否安然無恙？正在為他們擔憂的時候，突然有人用力敲門，光源氏覺得很奇怪，刮這樣強的風、下這樣大的雨的時候，有誰來呢？

僕人打開門，來人全身早已濕透了，原來是遠自京都來的信差，此時能夠接到信，大有「抵萬金」之感，光源氏立刻拆開來看，原來是日夜思念的紫的來信，大意如次：

「京都每天大雨滂沱，天空烏雲密佈，我的心情也跟天氣一樣，非常陰沉，一直沒有開朗過。聽說你那兒也和京都一樣，每天大雨不止，頗令人掛念。又，拜讀手書，知道你每天以淚水洗面，萬事要看開一點，唉！其實我也是和你一樣……」

光源氏自信差的口中獲知，京都每天接連著大雨不止，很多地方的交通已經中斷、房屋倒塌很多，大部分的朝臣都沒有辦法去皇宮上班，京都上下人心惶惶，都以為大難快降臨了。

信差回京都後的第二天清晨，風雨仍然不止，波濤之聲聽起來令人感到有點恐怖，並且還不斷打雷，隆隆之聲不絕於耳，更可怕的是：聽到山崩的轟然巨響，還有就是岩石自山上滾落的聲音。

光源氏特地冒著大風雨到住吉神社（在今天的大阪府住吉町）去向神佛祈禱，請神佛令風雨平息下來。

光源氏向神佛很虔誠地祈禱完之後回來，神佛不但沒使暴風雨停止，光源氏的寢室反而遭到雷劈，竟至起火燃燒，幸好沒有人傷亡，由於下了很久的雨，濕氣極重，火勢不易漫延，因此很快就撲滅了，光源氏只好換一間房子當寢室。

當天晚上，光源氏剛合上眼，就夢見父皇桐壺帝站在床邊，音容笑貌跟生前一樣，父皇緊拉住光源氏的手，把他從床上拖起來問道：

「吾兒為什麼住在荒無人煙的海濱呢？住吉神要給你當嚮導，快點跟他走，離開這兒吧！我還有事，要立刻到京都去。」

說完，便消失不見了。

「請帶我一起走！」光源氏央求道。

驚醒時，房內一片漆黑，除了風雨及潮水聲合奏成悲壯的交響樂之外，一個人影也沒有。

光源氏倒下再睡，希望能在夢中再和父皇見面，可是一夜都沒有再睡著過。

第二天清晨，風雨已經停了，海邊發現一條小船，有兩、三個年輕的人從船上跳下，真接向光源氏住的地方走來，光源氏的僕人覺得很奇怪：到底是什麼人呢？便上前查問，來的人回答說：

「我們是從明石來的，我們都是入道的僕人，入道命令我們來接你家主人光源氏到明石去住，請你們替我們轉知光源氏。」

明石在須磨之西，離須磨不太遠，也是靠海的地方，入道以前任播磨守，卸任之後，便帶家眷隱居明石。

入道昨天晚上夢見有一個人來告訴他說，光源氏住在須磨，叫入道邀請光源氏來同住，因此入道第二天天還沒亮，就命令僕人趕緊駕舟來迎接光源氏。

光源氏想到昨夜父皇托夢叫他離開這兒，豈料入道竟派人來接他，正中下懷，因此便欣然同意和入道的僕人一同上船到明石去。

明石人口稠密、比須磨熱鬧多了。

入道的宅邸蓋在臨海的山上，佔地極廣，亭臺佈置極為雅致，並有專門供念經參拜的佛堂、及各類糧食的倉庫。

這一次的大暴風雨，明石也受到影響，入道怕宅邸被海嘯淹沒，因此曾遷到較高的山上的房屋去避難。

入道把光源氏安頓在一間可眺望海上風光的房間住下，明石的白砂青松比須磨更美，而且隔一衣帶水的明石海峽與淡路島相望，相距約三、四公里，尤其在晨夕眺望淡路島，飽覽瀨戶內海的迷濛景色，真如同白居易所描寫的「山在虛無飄緲間」，頗令光源氏流連忘返。

光源氏在須磨所受的驚嚇及不如意，來到明石之後，被主人的慇懃款待，及宜人的景色而淡忘了。等到情緒安定下來之後，卻又日夜思念京都的人，尤其是對紫的思念，真是縈繞夢寐，時時不能忘懷。便寫了一封長信派專人送到京都去，告訴紫自須磨遷居到明石來的詳細經過情形。

入道有一位待字閨中的女兒，名叫「明石」。入道見光源氏一表人才，因此很有意思把女兒許配給他。光源氏以前在京都時也曾經聽說過明石的艷名，早已心慕久之。但是今天落魄到這步田地，因此不敢接受入道的這番美意，只好婉言辭謝。「明石」本人也認為她和光源氏的身分相差太懸殊，不宜結為夫妻。

有一天晚上，夜空非常晴朗，連一絲兒薄雲都沒有，月光特別顯得明亮，淡路島隔海相望。光源氏面對如此迷人的夜色，思潮起伏，不能自己，便取琴獨彈，想藉此消愁。

入道在一旁靜聽了一會，竟也情不自禁，親自到房內取來琵琶，和光源氏合奏解悶。

明石的閨房蓋在較高一點的小山崗上。這天，因為月色格外皎潔，所以獨自依靠在走廊的柱子上賞月，竟聽到下面傳來如怨、如慕的琴音，不覺心蕩神馳。

自從那夜彈琴之後，光源氏禁不起入道幾次熱情催促，便寫了一首表露傾慕的詩給「明石」。

「明石」第一次接到光源氏的情詩，頗有受寵若驚之感，芳心之喜悅，自不在話下，但是想到齊大非耦，不敢去高攀，再加上害羞，因此沒有回信。可是入道下決心要促成好事，經過再三的勸誘，「明石」才好不容易寫了一封回信給光源氏。光源氏展讀芳箋，發現不但字跡絹秀，連辭藻也非常優美，一看就知道是受過良好教養的女子，從此之後，她們介魚雁往返互通款曲。

時間一久，光源氏便覺得僅僅寫信，不足以慰藉思慕之苦，極盼有機會一親芳澤。

上次那場雷電交加的暴風雨，幾乎把京都弄得成為癱瘓的狀態，有些人認為這是上天的懲罰，因為光源氏沒有什麼罪，卻被逼避居海隅，所以觸怒了神靈。偏巧又在當時，有一天晚上，朱雀帝夢見父皇含恨瞪視他的眼睛，結果，朱雀帝竟患了眼疾。真是所謂禍不單行，福無雙至，朱雀帝的眼疾還沒好，外祖父（右大臣）竟因年老而去世，弘徽殿女御為此傷心過度得了病，身體一天一天轉弱。

這些不如意的變故，接二連三地發生，使朱雀帝也認為可能是把光源氏逼到荒遠的地方去，而得到神的懲罰，因此很想召請光源氏回到京都來，但是由於母親（弘徽殿女御）堅決反對，不得已只好暫時作罷。

秋天到了。

在一個月明星稀的晚上，光源氏實在忍耐不住了，便悄悄走出寢室，到「明石」的閨房去幽會。

「明石」所住的地方，地勢較高，眺望風景可以看得更遠一點，自窗戶向下望，有幾棵盤根錯節的古松伸根到筆直的岩石縫裏去，松風與潮音合奏得非常調和，庭院裏的秋蟲也不甘寂寞地鼓腹尖鳴，光源氏覺得此地的景色太美，真希望能夠和「明石」雙雙老死於此。

「明石」彈得一手好琴，第一次和光源氏見面，非常害羞，因此藉彈琴來掩飾他的羞澀，過了好一會「明石」和光源氏談話之後，才感到自然起來。光源氏覺得「明石」很像去世的「夕顏」，因此更覺得「明石」可愛。

他們倆情話綿綿，一直談到天快亮了，光源氏才回到自己的寢室來，從此以後，光源氏便經常來和「明石」幽會了。

光源氏正在為「明石」傾倒得樂不思蜀的時候，卻接到紫的來信，這封信竟又勾起他對京都的懷念，因此他便寫了一封回信給紫，信中說，恨不得插翅飛到她的身邊，並且另外還附了一張親筆畫的當地風景畫。

到了第二年，朱雀帝的眼疾依然沒有好轉的跡象，朱雀帝認為這是父皇在夢中怒視他的結果，非要召請光源氏回京都，父皇在九泉之下息怒之後，他的眼疾才會痊癒，因此不理會母親的反對，毅然決定派遣使者去召請光源氏回京都。

光源氏得到這個消息，高興得不得了，真懷疑自己是在作夢呢！但是一想到要和親愛的「明石」及慇懃款待的入道分手，又不禁感到悲傷起來。

分手的日子越來越迫近了。

預備啓程赴京都的前一天晚上，光源氏到「明石」的閨房來幽會，這次的幽會和往日大不相同，兩人見面，都因為暗然神傷的離愁別緒而哽咽得一時說不出話來。

光源氏為了稍解胸中的愁悶，只好彈琴作樂。

彈完琴之後，心情比較舒暢了一些，光源氏向明石慎重其事地說：

「希望以後，我們還有像今天一樣坐在一起彈琴的機會，因此這張琴送給妳作紀念吧！」

「我深信你的話將來一定會成為事實，我永遠等著你……」「明石」含淚回答。

光源氏回京都之後，入道白天呼呼大睡，晚上則通宵達旦為光源氏的健康幸福向菩薩祈禱。

光源氏終於回到了京都，探訪了以前的好友及情人，他們都一直在默默祈禱，盼望他早日歸來，見面之後，都情不自禁高興得眼淚直流。

闊別了三年的紫，已經長得更美麗動人，光源氏以前最擔憂的是：怕在避居海隅這一段時間內，紫會忍耐不住寂寞而移情別戀，事後證明他的擔憂是多餘的，但是如今，卻又要為遠在海邊的「明石」過著寂寞的生活而難過了。

光源氏進宮拜謁朱雀帝，朱雀帝由於患眼疾，身體比以前孱弱多了，幸好近來眼疾已有轉好的跡象，兩人雖然不同母，但是同父，總是有一點手足之情，很久不見，自然有很多話要談。

光源氏又去拜訪藤壺女御及皇太子（表面上是桐壺帝與藤壺女御生的，是實上是光源氏與藤壺女御生的）。

現在，光源氏如枯木逢春，又開始活躍起來了。

重返京都

光源氏重返京都後，朱雀帝恢復了他的原來官位。光源氏認為這都是父皇在陰間保祐他的結果，為了感謝父皇，特地做盛大的佛事，以慰在天之靈。

朱雀帝的眼疾已經痊癒了，他計劃把帝位讓給皇太子——即前述光源氏與藤壺女御生的。

當時皇太子才十一歲，但是因為朱雀帝想讓位給他，所以提前行加冠禮。（日本在奈良、平安朝時代，男子到十二歲算成年，始行加冠禮——日文稱「元服式」）

皇太子行加冠禮的第二十天，便繼帝位，稱冷泉帝。

對光源氏不利的那一派勢力——以右大臣、弘徽殿女御為中心，自從右大臣去世、朱雀帝退位之後，已經徹底崩潰了。在加上冷泉帝登極，這些演變，對光源氏來說真是再有利不過了。

光源氏的岳父——左大臣（即葵的父親），曾經被逼辭掉官職，現在竟拜任太政大臣（是最高的行政長官、其下分置左、右大臣，號稱三公），光源氏則選了一個位尊而清閒的官——內大臣做，一切政務上的事都請岳父代勞。（內大臣是名額之外的官，太政大臣、左右大臣不在時，代行政事、輔佐天子）

「明石」生了一個很美麗的女兒，光源氏得到這個消息之後，非常高興，特地在京都挑選了一位奶媽派人護送到明石地方去。

「明石」由於思念光源氏過度，再加上生產過後，身體顯得特別衰弱，但是看到奶媽來了，足以證明光源氏並沒有忘記她，因此又恢復了蓬勃的生趣。

轉眼間，秋天又到了。

光源氏心裏想：「又能夠恢復以前的地位，除了父皇在冥冥之中相助之外，大概就是托住吉神之福了，因此應該到住吉神社去參拜一番。」

光源氏想到大阪的住吉神社去參拜的消息傳出去之後，宮中不少人都願意追隨同去。

事情非常湊巧，入道也在同一天帶著家人乘船到神社去參拜，當船抵岸邊的時候，岸上正有大隊人馬通過，入道的一個隨從便上前去詢問究竟。

行列中有一個人告訴入道的隨從說：

「是內大臣光源氏殿下，要去參拜住吉神社。」

「明石」聽說是光源氏，心中真是高興得不得了，巴不得快點上岸，希望光源氏會看見自己。可是一上岸之後，發現光源氏的參拜行列太盛大了，自己的寥寥數人簡直不成比例，因此沒有勇氣接近光源氏的行列。

「明石」思索再三，依然認為自己太配不上光源氏，越想越傷感，迫不得已，只好上船開回明石，放棄和光源氏見面的機會，改明天再來參拜神社。

冷泉帝登極，則齋宮便又要更換了，因此「御息所」和她的女兒（任齋宮）便自伊勢的皇太神宮卸任回京都六條街原來的宅邸居住。

葵因為「御息所」憂憤而死，不知道是不是因此得到神的懲罰竟至生病了，最後削髮為尼。

光源氏聽說「御息所」久病不癒，且因此又削髮為尼，內心很是難過，便特地去探望。「御息所」自知離死不遠了，便哭著拜托光源氏照顧她的女兒，七天以後竟去世了。

光源氏遵照「御息所」生前的請托，收養了她的女兒，無論外貌或氣質都列為上上之選，是一位非常惹人愛的姑娘。

第三章　鮮明對比

痴痴地等

光源氏避居海隅的那一段時間裏，京都有很多靠他接繼而生活的女性，便立刻失去了依靠，因此這些女性無不日夜盼望她能夠早點回來，其中尤以末摘花最感到需要。

末摘花是位忠厚老實的人，對光源氏非常痴情，她堅信光源氏雖然被迫避居到須磨去，但是最後一定會回京都的，可是左等右等，一直是杳如黃鶴。沒有了接濟，生活便越來越艱苦，房屋破漏，也沒有錢修理，庭院雜草叢生，成為狐狸做窠的理想處所。

有人勸末摘花說：

「房子這樣破舊不堪，為什麼不賣掉呢？賣掉後，租一間較小的房子住，還可以有剩餘的錢維持生活，不是很好嗎？」

「這房子是祖先遺留下來的，無論怎麼窮，我也不願把它賣掉。」末摘花含著淚說。

末摘花有一位叔母，眼看末摘花如此窮困潦倒，便想叫末摘花當侍女，專門照顧自己的女兒，卻被末摘花婉言謝絕了。

不久，叔父要到九州去，叔母便又乘機勸末摘花同行道：

「我看，最好還是跟我們一起到九州去吧！妳何必這樣痴情地等光源氏呢？我想他早已經把妳忘了囉！」

末摘花依然不為所動。

就在叔父叔母到九州去的第二年，末摘花聽說光源氏已經回京了。她想，光源氏既然回到京都，一定很快就會來看她的。可是日子一天一天在焦灼的期望中度過，光源氏並沒有來看她，末摘花不免有點失望起來。

有一天晚上，月光非常皎潔，光源氏帶著一位親信的僕人，要到某一位情人家去。來到京都近郊的地方，發現前面有一幢破舊得不成樣子的房子，庭院中的花草根本沒有人修剪，長得非常雜亂、茂密，紫藤爬滿在松枝上面，時聞貓頭鷹及狐狸的叫聲。光源氏覺得很奇怪，有誰會住在這樣破舊荒涼的房子裏呢？便叫僕人去問一下。

僕人問清楚之後，回來向光源氏稟告：

「是故常陸親王的女兒——末摘花……」

「啊！原來是她？……想起來了……」光源氏頗感意外，立刻回憶起，末摘花是一位心地善良，但容貌及身材卻令人不敢恭維的少女。

光源氏立刻捲起長袍的下擺，令僕人走在前面用手分開塞住小徑的長草，直趨末摘花居住的破房子。

末摘花看到日夜盼望的光源氏突然站在面前，真是不敢相信自己的眼睛，還以為是在作夢呢？

光源氏知道末摘花住在這樣破舊的房子裡過著三餐難飽的艱苦生活，竟然能夠堅貞不屈地等他回來，感到非常值得安慰。

光源氏目睹末摘花住這樣破舊不堪的房子，心裏很過意不去，回二條院後，立刻派人來修理房屋，並且美化庭院，末摘花住了兩年之後，光源氏在二條院附近新蓋好一些房子，末摘花便搬進去住，過著非常幸福的生活。

叔父、叔母從九州到京都來，發現末摘花竟然過著這樣美好的日子，大感意外，記得以前曾要她來當侍女、及勸她到九州去，幸好末摘花沒有答應，否則怎會有今天的幸福日子呢？叔父、叔母想到這裏，心裏覺得有點内疚。

驚鴻一瞥

桐壺帝駕崩後的第二年，空蟬的丈夫（曾任伊豫介）轉任常陸介（常陸地方的副首長之官職名，常陸是古國名，即現在的茨城縣），空蟬的丈夫便帶她赴任地，從此之後空蟬和光源氏東西遠隔，音信不通。

朱雀帝下詔令光源氏回京都的那年，空蟬的丈夫剛好在同年的九月任滿回京都。光源氏則在七月就已經回京都了。

在九月三十日那天，光源氏要到石山寺去焚香祈禱，行抵近江湖畔，遇到空蟬丈夫回京都的行列，空蟬的丈夫便命人馬靠路邊停下，恭恭敬敬地讓光源氏先過去。

當光源氏通過在一旁目送他們的行列時，看到一臺華麗的轎子中，坐著一位嬌媚的婦人，正是以前曾令光源氏神魂顛倒的空蟬。

光源氏想起十餘年前，第一次在紀伊守宅邸和空蟬發生不正常的戀愛時，自己才不過是位十七歲的翩翩公子，現在已經是快接近三十歲的人了。唉！回首前塵，恍同隔世，怎不令人欷嘘浩歎？

在衆目睽睽之下，連互相多看一眼都要避諱，積壓十餘載的思慕與懷念更無由傳遞了。

光源氏回到二條院之後，一直為了當天邂逅的事，弄得心緒不寧。

空蟬的弟弟，現在已經官任右衛門佐了，光源氏便乘興詠了一首懷念空蟬的詩，命右衛門佐偷偷地送給空蟬。從此之後，兩人透過右衛門佐的慇懃傳遞，竟又恢復往日的秘密通信，藉此聊慰寂寞。

不久，常陸介因老病去世，在彌留之際，曾遺言他的兒子（以前任紀伊守，現任河内守）照顧嬌弱的空蟬。豈料常陸介的兒子卻為繼母（即空蟬）的姿色而傾倒，但是空蟬並不喜歡他，為了解脫愛的糾纏，迫不得已，最後只好削髮為尼了。

繪畫比賽

「御息所」的女兒嫁給冷泉帝後，冊封為梅壺女御。同時，頭中將的女兒也入宮伺候冷泉帝，冊封為弘徽殿女御（朱雀親亦稱弘徽殿女御，因皆曾住弘徽殿之故，自從桐壺帝駕崩、朱雀帝登極後，則朱雀帝的母親改稱弘徽殿太后。）

冷泉帝非常喜歡欣賞畫，而且本人又很擅長作畫。梅壺女御、弘徽殿女御兩人也和冷泉帝一樣對繪畫頗為入迷。他們兩人要舉行一次繪畫比賽，比賽的方式是個人分頭去蒐集畫，然後依次一張一張拿出來比，請裁判員來裁判，看誰蒐集的畫好看，便屬誰勝。

梅壺女御請光源氏幫忙蒐集，弘徽殿女御則請爸爸（即頭中將）幫忙蒐集。雙方所蒐集的畫，大都是日本名小說中的畫，第一次比賽的結果勝負沒法確定，便只好拿到冷泉帝御前來再舉行一次比賽。這次御前比賽，由光源氏的同父異母弟名叫「帥」當任裁判官。

梅壺女御蒐集的畫擺在左邊，弘徽殿女御蒐集的畫擺在右邊，比賽的結果，仍然不分軒輊。最後，光源氏取出一副他避居須磨時的寫生畫，擺在左邊，在場的都覺的畫得太好了，有些感情豐富的宮女看到這副寫生畫便聯想起光源氏以前被迫自動離開京都的那一段傷心的往事，竟至情不自禁為之動容流淚。如此一來，自然左邊獲勝了。

比賽完畢後，冷泉帝餘興未盡，便在宮中大擺筵席，招請參觀繪畫比賽的人開懷暢飲。

光源氏和他的弟弟「帥」，坐在一起，一面聊天一面喝酒，帥非常欽佩光源氏的多才多藝，諸如棋琴書畫等樣樣都很精通。但是光源氏卻透露想剃髮為僧，揀一處風景優雅且偏僻的地方蓋一個佛堂，在裏面誦經以度餘生，不過要等冷泉帝可以獨自處理政事，及子女婚嫁之後，再出家。

（本節是以梅壺女御及弘徽殿女御的繪畫比賽來隱喻光源氏及頭中將兩人在進行政治上的爭權——見日本岡一男文學博士所著之評釋源氏物語。）

「明石」到京都

光源氏在二條院之東，新蓋了一幢非常豪華壯麗的房子，稱「東院」，目的是想給「明石」住。

新居落成之後，光源氏一連寫了好幾封信給「明石」，要她帶女兒一起來京都住。

「明石」接到信之後，心想：自己的地位太低，一旦到了京都，和那些朝中的達官貴人在一起豈不太相形見絀了嗎？而且，周圍的人一定議論自己和光源氏之間不尋常的關係，這樣一來，便會給光源氏帶來煩惱，而且就算住到京都去，是不是能夠朝夕不離地伺候著光源氏？因此不如留在此地的好。可是接著又想到：如果老是待在偏僻的海邊，女兒長大之後，怎會有出人頭地的機會？「明石」的父母也覺得這件事情太難決定了。

經過再三的考慮，為了女兒的前途著想，毅然決定到京都去住。

「明石」便帶著女兒由母親陪伴，向京都出發。

「明石」的外婆住在京都的郊區大堰（在京都的右京區嵯峨野），「明石」到了京都，便暫時先住在外婆家。住到外婆家之後，又想起很多的顧慮，因此遲遲沒有搬到東院去。

光源氏自從「明石」抵達京都後，每次派人來催促她到東院來住，都被「明石」婉拒了。光源氏心裏雖想來看他，但是又怕遭到物議，尤其是擔心紫會吃醋，因此沒有敢來看她。

入道一個人留在明石，過著寂寞的日子，每天向神佛祈禱，希望「明石」在京都能夠過著幸福的生活。

「明石」住在外婆家，一轉眼，已經好幾個月過去了。不知不覺又到了秋天，晚上秋蟲唧唧，「明石」聽了，倍覺淒涼。

一天，光源氏實在忍耐不住，便瞞過紫，悄悄到大堰來看「明石」，及他和

「明石」生的女兒。

「明石」的女兒才三歲，長得活潑可愛，光源氏還是第一次和她見面。

光源氏雖然口頭上仍然勸「明石」快搬到東院來住，但是心中卻非常擔憂紫會吃醋，「明石」也知道光源氏的處境非常為難，因此就托故要照顧外婆，暫緩搬到東院去。

當天晚上光源氏和「明石」談了很多，有關如何教育女兒的問題，以及回憶以前在明石的一段歡樂的往事。「明石」並取出以前光源氏和她告別時送給他當紀念的琴來彈，兩人都情不自禁傷感得淌下淚來。

光源氏自大堰回二條院之後，朝夕思念著「明石」及那個惹人憐愛的小女兒，便只好時常藉通信以慰寂寞。

有一天，光源氏為了公事，回家晚了一點，湊巧「明石」來了一封信便落在紫的手中。光源氏禁不起紫的逼問，只好把認識「明石」的經過詳情一五一十地告訴紫，連生了一個女兒也不保留地說了出來。

紫聽完了光源氏的這一段風流史，免不了醋火中燒，嗚嗚地哭了起來。光源氏看到這種情形，知道如果邀請「明石」同住，紫一定不會同意的，便退而求其次說：

「明石生的那個小女孩非常可愛，我們何不領來當養女呢？」

紫想到自己沒有生孩子，倒怪寂寞的，而且自己又是很喜歡孩子的人，因此就答應收「明石」的女兒當養女。

不過，此時光源氏卻擔心「明石」會不會同意呢？

母女別離

冬天到了。

光源氏獲得紫的同意之後，便立刻到大堰來找「明石」，說明想把女兒帶回二條院去當養女來養。

「明石」說：

「您的好意，我是非常明白的，可是宮中的人議論起來時，那麼不是對您有所不利嗎？」光源氏看「明石」有點躊躇不決的樣子，便說：

「這倒不必擔心，經過了這麼多年，紫都沒有生小孩，恐怕是不會生了，她覺得很寂寞，也希望有個小孩承歡膝下，以前的齋宮（即御息所的女兒，後來嫁給冷泉帝，冊封為梅壺女御）不也是我的養女嗎？我和紫一定會好好照顧她的，請妳放心。」

「明石」為了女兒以後的前途，當然願意把女兒托給紫養，但是又捨不得她離開自己的身邊。

「明石」的母親勸「明石」道：

「離開自己的女兒，當然是件最傷心不過的事，但是為了女兒將來真正的幸福，這點傷心是必須忍受的。我想光源氏早就設想周到了，妳應該完全信賴他，把女兒交托給他吧！」

「明石」經過母親的這一番勸說，最後忍痛下定決心，把女兒給光源氏當養女（因為光源氏和明石不是正式的夫妻，所以在表面上只能把女兒當作養女來養）。不過明石謝絕搬到東院去住，仍然和母親住在大堰的外婆家中。

第二天，大雪停了，光源氏帶了幾個僕人乘車到大堰來接小女兒。

小女兒剪的是瀏海兒髮型，蹦蹦跳跳的時候，黑而亮的短髮在頭上晃蕩不停，圓圓的嫩臉上，配著一對烏溜溜的稚氣大眼睛，真是可愛極了。

聽說光源氏來接她坐車，高興得不得了，還以為是出外旅行呢。笑嘻嘻地拉著「明石」及光源氏的手直往停在門前的車子跑。

「媽！我們一起上車呀！」

「明石」看到女兒如此可愛的樣子，不知道要等到那一天才能再見面？忍不住眼淚奪眶而出。光源氏竭力安慰「明石」，請她不要難過，紫一定會像照顧自己的孩子一樣地愛護的。奶媽陪女兒同去。

小女兒到了二條院，看到宏偉的建築、華麗的陳設遠非大堰的陋居可以比得上，而且各色各樣的玩具又是應有盡有，到了這樣令人羨慕的新環境來，小小心靈中自然充滿了好奇及喜悅，不過在頭幾天，突然不見了朝夕偎依的母親，常常會獨自放聲大哭起來，幸好有奶媽在一旁哄騙，才好不容易止住哭，時間一久，小女兒也就習慣了，不像開始時那樣想念母親了。

自從女兒到二條院去之後，「明石」每天過著悲戚的日子，光源氏為此心裏感到很難過，想來看她，但又怕紫吃醋，便托故到嵯峨野的佛堂去念經祈禱，而暗中卻是經常到大堰來安慰「明石」。

薄雲

第二年初春，光源氏的岳父（即曾任左大臣，後升太政大臣者）去世。接著藤壺女御得了重病，挨到三月櫻花盛開的時候，竟突然駕返瑤池。

藤壺女御是光源氏第一次初解愛情時的第一位偷戀的愛人，但是由於在輩分上是母子關係，所以他們之間的愛情是絕對保密的。

對於藤壺女御的死，最悲哀的莫過於是光源氏了，可是光源氏又不能盡情痛哭，以免引起別人的懷疑，在表面上只能做到適可而止的地步，因此便更增加內心的哀痛。

正是櫻花開得像一片紅雲的美好時節，但是在光源氏的心中，燦爛的紅雲卻變成昏暗的薄雲。

藤壺女御去世不久，有一天深夜，一位和尚向冷泉帝密奏道：

「陛下真正的父親是光源氏殿下，而不是桐壺帝！」

冷泉帝聽罷，確實大吃一驚，為了求證起見，特地秘密詢問藤壺女御的貼身侍女，果然如密奏的和尚所言。因此冷泉帝有意把帝位讓給自己的父親——光源氏，可是光源氏無論如何也不接受。

光源氏自從岳父及藤壺女御相繼去世之後，一直悶悶不樂。有一天為了排遣寂寞，特地邀請梅壺女御到二條院來玩，和梅壺女御閒聊，順便談起以前和梅壺女御的母親（即御息所）認識的經過情形。

光源氏和梅壺女御談她母親的往事，使梅壺女御思念起母親來，情不自禁，熱淚涔涔而下。

光源氏為了不讓梅壺女御傷心，故意改變話題問：

「妳喜歡春天？還是喜歡秋天？」

「春天的花美、秋天的月美，實在是叫人很難決定，」梅壺女御沉吟了一會兒回答：

「因為家母是在秋天去世的，所以我喜歡秋天……」

梅壺女御剛說到這裏，紫正好進到客廳裏來，紫表示喜歡春天，因此三人便開始熱烈地爭論春秋兩季到底是那一季好的問題來了。

藤壺女御的喪期滿了之後，光源氏便又藉故到嵯峨野的佛堂去誦經祈禱為由，而去和「明石」幽會，日長月久之後，光源氏的心情也就漸漸開朗多了。

夕霧和雲井雁

光源氏的元配夫人葵生下一個男孩，不久，葵便溘然長逝，這個男孩名叫「夕霧」。

葵的哥哥頭中將，他的夫人生了一個女孩，也是過了不久，夫人便去世了，這個女孩名叫「雲井雁」。夕霧和雲井雁便成了表兄妹的關係，這兩個失去了媽媽的孤兒，都是由頭中將的母親帶大的。因為表兄妹倆人自小在一起長大，所以非常要好。

光陰如白駒過隙，一轉眼，夕霧已經行過成人的加冠禮了。夕霧長得和光源氏一樣瀟灑英俊。

光源氏本來是這樣想的：我的孩子夕霧已經成年了，應該封他四位高的官。一般人也認為貴為光源氏的公子，封四位高的官，是很恰當的。

但是光源是忽然又有一個不同的看法：夕霧還沒有完全脫離孩子氣，這樣小就封他四位的高官，恐怕對他的未來未必是福，便改封夕霧為六位的小官。

頭中將的母親獲悉光源氏只封外孫為六位的小官，因此心中甚覺遺憾，為什麼這樣可愛的外孫，只給他六位的小官做？

光源氏看出岳母（即頭中將的母親）不愉快的原因，便向岳母解釋道：

「夕霧雖然已經行過成人的加冠禮，但是事實上，他還是個小孩子。我要他進大學去求學，將來成為一個出類拔萃的人物。我從小便是以皇子的身分養尊處優，在宮中長大，因此所見所聞非常有限，我不希望夕霧步我的後塵——成為一個平凡的人。我要他多吃苦，靠自己的努力，一步一步向上爬，這樣的人，將來才會有成就。」

岳母聽完光源氏的這一番教育子女的大道理之後，雖然點頭稱是，但是總覺得如此對待惹人憐愛的外孫，未免有點冷酷無情之感。

光源氏勉勵夕霧道：

「社會是一個優勝劣敗的大競技場，你要想獲勝，必須要靠自己的努力，你看，從古到今，有那一個人是靠父母的餘蔭而有成就的？因此我勸你要愛惜光陰、努力用功，不必為官位低而煩惱。」

夕霧自從進大學（此處之「大學」是指日本古代根據大寶律令而設立者）念書起，便從外婆家搬到二條院來住。這是因為光源氏考慮到，怕外婆太寵愛夕霧，會影響他用功，所以才在二條院特地為他佈置一間書房，好讓他靜靜地用功念書。

光源氏只准夕霧每個月到外婆家玩兩、三天。其餘的日子，便每天關在書房裏研究學問，因此，夕霧覺得讀書實在是一件苦差事。

夕霧非常不諒解父親：為什麼非要逼我用功？為什麼非要等我有了學問之後，才給我高官做？

夕霧秉性溫和且有忍耐力，因此雖然心裏不高興，還是遵照父親的意思努力用功。夕霧下決心要把大學裏規定的書全部讀完，將來好在朝廷當大官，就算不當官，在社會上也可以成為有名的學者。

夕霧花了四、五個月的時間，一口氣把中國漢朝司馬遷的史記念完。在快要接受大學的畢業考試之前，光源氏特地找史記中最難懂的句子叫夕霧解釋，夕霧都能夠對答如流。在旁邊看的人都非常欽佩夕霧的才華。光源氏竟然高興得流下了眼淚。

夕霧和雲井雁由於從小都是失去了母親的孤兒，因此自然會同病相憐，本來兩人都住在頭中將的母親家裏，朝夕相守，耳鬢廝磨，真是一對令人羨煞的小情侶，但是自從光源氏望子成龍心切，把夕霧帶回二條院來住，每天逼他念書，兩人在一起的時間幾乎沒有了，便只好借書信來暗通款曲。

兩人魚雁往返之密，終於引起侍女們的議論：

「最近，他們兩人通信的次數越來越多了。」

「兩人正值青春年少，想必是情書無疑！」

這些話很快就傳到頭中將的耳朵裏，頭中將頗為震怒，因為頭中將原先計畫把女兒嫁給皇太子，如今女兒竟和光源氏的兒子打得火熱，豈不破壞了原先的計劃嗎？

頭中將為了亡羊補牢，特地請母親嚴加管束。並且還想親自告誡女兒一番。一天晚上，頭中將怒氣沖沖推開女兒的臥房房門，一腳剛跨進門，便看到女兒坐在床邊，那一副嬌弱、寂寞、可憐的樣子，使頭中將的怒氣頓時消散得無影無蹤。覺得女兒太美麗、又太寂寞，實在是需要人加以憐愛，因此不忍心責罵，便把女兒帶回家親自照顧。

大學畢業考試的日子終於到了，由冷泉帝親自出題面試，夕霧的成績列為優等，因此立刻晉升為五位官，這完全是靠夕霧自己努力而得來的。此時，疼愛夕霧的外婆，才覺得光源氏的作法很對。再不會對光源氏有所不滿了。

二條院漸漸覺得擁擠了，光源氏便大興土木，蓋了一座美輪美奂的大宅第，稱六條院。

光源氏和紫住在六條院的東南殿、明石住在西北殿、光源氏所喜歡的其餘的女人則分別住在東北殿、西南殿等處。

紫喜歡春天，所以在東南殿的庭院裏種了很多春天開的花，如：紅梅、櫻花、紫藤花、棣棠花、杜鵑等。

梅壺女御喜歡秋天，所以在她的庭院中種的是楓樹、及秋天觀賞的花草。

六條院中的亭台樓榭、假山水池、及一草一木都佈置得雅致異常。光源氏便在美女環繞的六條院中，過著吟風弄月、優遊自適的生活。

第四章　優遊自適

玉鬘

光源氏在六條院中過著非常愜意的生活，理應沒有任何煩惱才對，但是在一個人閒著沒事的時候，往往會想起很多往事，最令他無法忘懷的，就是十幾年前和夕顏的一段偷戀悲劇。尤其是和右近（夕顏的侍女，夕顏死後，便服侍源氏）兩人面面相對的時候，更容易勾起一幕幕令人柔腸寸斷的往事。

夕顏和頭中將生下一個女兒，名叫玉鬘，以後被頭中將的夫人知道，夕顏只好忍住悲痛離開了頭中將，把女兒委託給奶媽照顧，自己帶了幾個親近的侍女隱居起來。不久竟遇上了風流多情的光源氏，遂使夕顏古井重波，豈知與光源氏一夜雲雨，竟死在荒涼的別墅裏。光源氏不敢聲張出去，因此夕顏的奶媽根本不知道夕顏已經去世了。

玉鬘四歲的那年，奶媽的丈夫奉命派到九州的肥前（古國名，及現在的佐賀縣及長崎縣境內）任職，由於找不到夕顏的下落，只好把玉鬘一同帶到九州去了。

到了九州不久，奶媽的丈夫忽然得了重病，在臨終的時候，對奶媽說：

「玉鬘是夕顏和頭中將的女兒，是很有地位人的後代，不能永遠和我們這樣低賤的人住一起，我們應該把玉鬘送給她的父親——頭中將，我已經命在旦夕了，希望妳務必要完成我的願望！」

奶媽的丈夫講完話不久便撒手西歸了。

奶媽辦完喪事後，便和子女們商量回京都把玉鬘送還給頭中將的事情，可是因為沒有錢，因此商量了很久，只好暫時作罷，等以後有錢時再說。

歲月如流，不知不覺一晃就是十幾年過去了，玉鬘長得亭亭玉立，容貌及性情完全和他的母親夕顏一模一樣。

由於玉鬘實在長得太美了，因此慕名而來求婚的青年經常絡繹不絕，奶媽為了遵守先夫的遺言，便向來求婚的人撒謊道：

「我家這個姑娘雖然長外表得很美，可是有不治之症，因此我不願意把她嫁出去，害了別人。」

奶媽只有用這個撒謊的方法，才把成群的紈袴子弟擋了回去。但是相鄰的肥後（古國名，今日的熊本縣境）有一個蠻橫粗野的大夫監（太宰府的三等官名）看中了玉鬘，不管有沒有不治之症，非要納為小妾不可。

奶媽眼看糾纏不過，只好三十六計走為上策，立刻央請好友幫忙，湊足旅費，帶著玉鬘、子女及幾個僕人，偷偷地乘船離開了九州，向京都出發。

好不容易涉水翻山抵達了京都，暫時先住到京都市郊九條街的一位老朋友家中，心情才慢慢平靜下來。本想快點把玉鬘送到頭中將那兒去，但是侯門深似海，沒有相當有份量的人從中介紹，是沒法和頭中將見面的。豈料到了京都，反而更一籌莫展起來了。生活越來越艱苦，幾乎快到三餐不繼的困境了。

人在窮困潦倒的時候，往往喜歡求神問卜。奶媽聽別人說，長谷寺的觀世音菩薩非常靈驗，便帶全家人去長谷寺拜觀世音菩薩，希望菩薩保佑他們，能夠早一天脫離困苦的生活。

時至初秋，奶媽一行向長谷寺進發，途經椿市，天色已晚，再加上疲憊不堪，便在椿市找了一家旅社投宿。

夕顏的侍女右近，奉光源氏之命出來找玉鬘的下落，碰巧也在同一家旅社投宿，而且竟住在隔壁。

右近聽見隔壁的房間傳來很多人談話的聲音，一時因為好奇，便從紙拉門的縫隙窺視，發覺隔壁的這些房客，好像很久以前，在什麼地方見過面似的，可是一時想不起來。便悄悄地把隔壁的侍女叫來詢問究竟，才知道原來是夕顏的奶媽帶了一家人要到長谷寺去拜觀世音菩薩。

右近立刻跟著那位侍女去拜見奶媽。

大家相見之下，回憶往事，真好像是作了一場夢。

奶媽問夕顏現在住在那兒？近況如何？

右近便把夕顏和光源氏戀愛及受驚至死的詳細經過情形向奶媽細述。

玉鬘在一旁靜聽母親的往事，也忍不住哭出聲來。

右近一面拭眼淚，一面說：

「光源氏非常惦念玉鬘，希望有一天能夠找到小姐。最近又命令我出來尋找，茫茫人海，教我怎麼找呢？我只好計畫先到長谷寺去拜觀音菩薩，希望菩薩幫助我找到小姐，豈料竟在這裡碰到各位，真是連作夢都想不到！光源氏如果現在能看到小姐，不知道會多麼的高興呢？」

右近凝視著亭亭玉立的玉鬘，容貌及性格完全和她的母親——夕顏一模一樣，唯一有點不同的地方是身體比較健壯，這大概是因為在九州鄉下長大的原故吧！

右近心想，如果夕顏現在還健在的話，沒有問題一定可以親眼看到和自己一樣美麗的女兒，豈不是一大安慰嗎？可惜在十幾年前就去世了。想到這裏，眼淚又情不自禁奪眶而出。

奶媽說：

「我們早就搬到京都教區的九條街來住了，但是朝中沒有熟人，所以至今仍然沒有見到頭中將。」

「光源氏對我說過，只要找到小姐光源氏願意親自照顧養育，因此依我看，還是不如到光源氏的家裏去較好。」右近接著說：

「小姐長得真美，雖然是在九州鄉下長大的，但是連少許的鄉下味道都沒有。母親在九泉之下，如果知道玉鬘長得和自己一樣美，該會多麼地高興！」

右近一個人抄近路先趕回六條院，向光源氏報告已經找到玉鬘了。

光源氏聽到如此意外的好消息，高興得不得了，頻頻問右近有關玉鬘的事情：

「這樣漫長的十幾年，她是怎樣生活的呢？」

「她的臉龐，她的身材和夕顏是不是很像？」

右近瞥了一眼坐在光源氏身旁的紫，然後很謹慎地回答說：

「小姐的容貌雖然不及夫人的那樣美，不過已經夠資格稱得上是位美人兒了。」

「妳快把她接到六條院來，我想她吃夠苦頭了。」光源氏決定領養玉鬘。

右近來到九條街，告訴奶媽，第二天就要陪伴玉鬘到六條院去拜見光源氏。奶媽聽了非常高興，心想：玉鬘立刻可以過幸福的生活了，先夫臨終時的心願也實現了。

玉鬘以前住在九州的時候，就早已聽說過光源氏的大名了，把他當作偶像來崇拜，明天就要去拜見心中崇拜的人，因此感到非常緊張及害羞。

到了六條院，玉鬘生平還是第一次看見建築這樣宏偉豪華的宅第，雕梁畫宇，看得眼睛都快要花了。玉鬘的原意是想見自己的父親——頭中將，但是右近慇懃地把他帶到光源氏家來，她因為性格很拘謹，不願意隨便多講話，也只好隨遇而安了。

光源氏凝視玉鬘的眼睛、嘴唇、臉龐，完全和夕顏長得一模一樣，不禁又懷念起夕顏來了。

「一直沒有妳的消息，真令人擔憂。今天見到妳，太使我高興了。」光源氏淚水模糊地望著玉鬘，恍惚之間，好像夕顏又拘謹地坐在對面，往事一幕一幕地呈現眼簾。心中在默算玉鬘的年齡：

「妳現在已經不是小孩，有什麼想說的，儘管說，住在我這裡，跟住在自己的家裏一樣，不必客氣。」

「我從小是在鄉下長大的，沒有見過世面，因此初到這兒來，心裏覺得很緊張。」玉鬘講話的聲音細小得和蚊子一樣，並且顯得很拘禮，和夕顏的性格一樣，因此光源氏更喜歡她。

光源氏叫夕霧來和玉鬘見面，夕霧大大方方地向玉鬘說：

「真高興見到妳，從今以後，我們是兄妹了，並且還要請你多多給我指教！」

玉鬘一直羞澀地低著頭不敢講話，模樣兒真是太叫人憐愛了。接著，光源氏又領著玉鬘見紫、明石及住在六條院內的其餘的人。玉鬘看到這些雍容端莊的貴婦人，更覺得相形見絀，心一直在砰砰地跳，不敢抬頭正視對方。

光源氏把玉鬘安頓在西廂的一間房子住下，並封她為女官，奶媽的男孩子也被招到六條院來當家臣。

轉眼之間，又快到歲暮了，光源氏替住在六條院的每一個人都添置了新衣，準備等到過年那天穿。送給玉鬘的衣服是：一件大紅色的外套及金黃色的衣服連裙子。

黃鶯初唱

新年到了。

元旦這一天，天氣非常晴朗，住在六條院的每一個人都起得相當早，個個換上光源氏所贈送的新衣，迎接新春的來臨，六條院裏呈現出一片光彩和樂的氣氛。

光源氏最顯得容光煥發，一早起來穿戴完畢後，便先到紫的寢殿來拜年，恭賀今年萬事如意。其次便是探訪明石生的女兒，侍女們正陪著她拖著松樹枝在院子裏玩，松樹枝上紮了一隻手工做的小黃鶯鳥，並且還附有一張粉紅色的信箋：

「妳一天一天地長大，比以前更活潑、更可愛。我愛聽你在嬉戲時的尖叫聲，啊！妳可知道媽媽聽到妳在嬉戲時的尖叫聲會多麼的高興，好像在初春第一次聽到黃鶯的悅耳歌唱，給人帶來無窮的新希望之感！」

這封信是明石寫給女兒的，光源氏看完後，立刻握著小女兒的手，一面朝書房走，一面說：

「媽媽和你雖然一同住在六條院内，但是見面的時候不多，妳快點寫封回信給媽媽！」

進到書房，光源氏興致勃勃地為小女兒磨墨，小女兒握著毛筆歪歪扭扭地寫：

「時間真快，又過年了，我好像一隻小黃鶯鳥長大得已經可以獨自飛出鳥巢了，我真高興！我永遠不會忘記媽媽養育我的恩惠！」

小女兒把信寫完後，光源氏便叫一位侍女送給明石去。

然後，光源氏就到幾個感情非常好的朋友家去拜年。

當天黃昏的時候，光源氏來看明石，走進書房，沒有看到明石，只見桌上擺滿了紙筆、故事書等，還有上午光源氏催促小女兒寫給明石的一封信，在信的旁邊，上面寫了一首短詩，是明石看到小女兒的回信，一時高興而吟詠成的。光源氏輕聲朗誦那首詩，頗能體會出作媽媽的愉快心情，心裏在想：

「明石真是一位賢妻良母型的好女人。」

此時，明石靜悄悄地走了進來，如果不是明石身上散發出的脂粉香味，光源氏還覺察不出來呢。

明石穿著一件雪白耀眼的禮服，披著長長的黑髮，格外顯得明艷照人。

第二天一早，光源氏到以前的老房子——二條院來看末摘花，末摘花的打扮和六條院裏的人一比就顯得太寒酸了，沒有什麼漂亮的衣服可穿，光源氏才想起來，在過年之前忘記給她購新衣了，特地命僕人回六條院去拿些質料好的衣服來送給末摘花穿。

接著去看已經削髮為尼的空蟬。空蟬過著清苦的生活，決定伴隨木魚青燈終其餘年。光源氏看她那副清瘦憔悴的模樣，怎能令人相信二十年前，竟是使自己神魂為之顛倒的美人兒呢？

歲月如流，轉眼間兩人都步入中年了，青春時的火樣熱情業已冷卻，當可促膝而坐，像父母給子女講故事那樣輕鬆地聊聊過去的事情，但是談到傷感處，仍舊忍不住會欷歔浩歎。

正月十五那天天剛亮，一群穿著藍色上衣的青年男子唱著類似民謠的歌曲，挨家跳舞（此稱「男踏歌」，是日本過年時一項例行的慶祝活動，在平安朝時代，每隔一年舉行一次）跳到六條院來的時候，夕霧及柏木（頭中將的男孩）也湊熱鬧參加男踏歌的行列，混雜在裏面一起跳。

蝴蝶舞

三月下旬的某一天，喜歡春天的紫在她的寢宮前的湖中舉行遊船會。數艘懸燈結綵的遊船隨波漂蕩，船上有樂隊演奏美妙的音樂助興。

站立船首，但見岸邊垂柳冒出嫩綠的新葉、遲開的櫻花已經擠滿了樹梢，遠近散見淡紫色的紫藤花及黃色的棣棠花，這些花都開得燦爛奪目，且和水中的倒影銜接起來，不經意地看，還以為是無數條紅色、紫色、黃色的瀑布傾注到湖中來了呢。湖上有一對鴛鴦優閑地游來游去，根本未受笙歌之聲干擾似的，景色美得簡直可以入畫。

入夜之後，便沿著湖邊升起一堆一堆的營火，在櫻花樹下擺設筵席，片片的櫻花隨風飄落在頭上、輕拂著面頰，繼而墜入酒杯中，如此富於詩情畫意的晚宴，不知要繼續到什麼時候才終了？

來參加宴會的男女都是些身分高貴的人，其中最引人注目的是風姿綽約的玉鬘，年輕的公子哥兒都願意拜倒在她的石榴裙下。頭中將的兒子柏木不知道玉鬘和自己是同父異母的兄妹，因此也利用機會向她大獻慇懃，以博取美人青睞。

遊船會結束後不久，喜歡秋天的梅壺女御便在六條院舉辦誦經大會，在拜佛壇的前座坐滿了很多公卿大臣，連光源氏都自動來參與盛會。

紫親自向佛獻花。

誦經大會並不是單純地誦經，尚有餘興節目：把八個活潑可愛的小女孩分成兩組，每組四人，一組裝扮成小鳥，跳小鳥舞，雙手捧著插著櫻花的銀花瓶，向佛敬獻；另一組則裝扮成蝴蝶，跳蝴蝶舞，雙手捧著插著棣棠花的金花瓶，向佛敬獻。小女孩們在跳舞時，花瓣紛紛迎風飄落，煞是好看。

小女孩們在舞蹈結束時，把手上的花呈給梅壺女御，梅壺女御非常欣賞小鳥舞及蝴蝶舞，給了她們很多的賞賜。

螢之光

玉鬘長得越來越美，甚至於超過了她母親的美麗。

光源氏有一位弟弟任兵部卿，三年前喪偶，非常寂寞，早就急於續弦，可是一直沒有找到理想的對象，最近聽很多人讚美玉鬘的美貌，便立刻發動攻勢，一連寫了好幾封情書，但是玉鬘不理不睬。

兵部卿只好央求哥哥光源氏玉成好事，光源氏非常樂意幫忙。一天晚上，光源氏為了替兵部卿傳話給玉鬘，便獨自一人到玉鬘的寢室來。當時玉鬘已經就寢了，門外窸窣的腳步聲把她從夢中驚醒過來，她立刻起床披上衣服躲到屏風後面去，靜觀究竟。

光源氏躡手躡足近來，卻沒有看見玉鬘，正在疑慮之際，豈料兵部卿也跟著進來了。兄弟倆談了一會有關玉鬘的事，玉鬘在屏風後面聽得清清楚楚，知道光源氏在極力設法使他們兩人能夠相愛。

光源氏終於察覺屏風後面有人，便迅速用手把屏風移開，果然發現玉鬘躲在後面。

房内沒有點蠟燭，光源氏把預先在黃昏時抓來的很多螢火蟲從紙盒中放出來，立刻飛滿了一屋子，宛如無數閃爍的星星在移動，玉鬘生怕他們看見自己那副難看沒睡醒的臉，立刻打開摺扇遮住臉，此時兵部卿藉著螢火蟲尾部一閃一閃的星光，凝視玉鬘的臉，格外覺得美艷動人，更為她神魂顛倒了。

行幸

十二月，冷泉帝行幸至大原野（地名，在京都市右京區）狩獵。

天子出行，護衛的行列自然非常壯觀，而且還有公卿大臣也都穿著狩獵的衣服，帶著弓箭跟隨在御轎前後，如此熱鬧的場面，平時很難遇到，因此在天子出行狩獵的這一天，從京都皇宮一直通往大原野的道路兩旁都擠滿了看熱鬧的人。

這一天，玉鬘也乘車來看熱鬧。

玉鬘的父親——頭中將也跟隨在御轎附近，玉鬘看見自己的父親，心中頓時趕到一陣暖流席上心頭。光源氏自然是少不了的重要人物之一，其他如：藉螢火蟲的光來偷看玉鬘的兵部卿（光源氏的弟弟），及頭中將的兒子柏木等也加入狩獵的行列。

在御轎的左前方，有一位彪形大漢，滿嘴留著像刺蝟一樣的黑鬍子，面貌嚴肅而難看，官拜大將，外號叫「黑鬍子大將」玉鬘對這一位顯得很特殊的人物，不覺多看了幾眼，心裏想：「如果把他和風流儒雅的光源氏來比，簡直是強烈的對照，不過這個人看起來倒很忠厚老實。」

時間真快，又是一年的開始了，玉鬘到二月便是及笄之年，按慣例要舉行成人的儀式，光源氏認為頭中將才是玉鬘的真正父親，所以請他擔任那天儀式的主持人，但是竟遭到頭中將的拒絕。光源氏心中頗覺不快，此時正巧岳母——頭中將的母親生病，光源氏去探病，便把頭中將以前和夕顏的一段風流故事詳細地敘述給岳母聽，並且還說明目前自己正在扶養的玉鬘，實際上就是頭中將和夕顏生的女兒。

岳母甚覺訝異，立刻把頭中將叫到病榻來訓誡一番。頭中將聽說原來是光源氏在他媽媽面前告密，大感意外，但是知道光源氏並沒有惡意，也就不責備光源氏。並且請光源氏依舊和以前一樣地扶養玉鬘。

二月十六是一個非常吉祥的日子，玉鬘的成人儀式便選定在這一天舉行，由頭中將任主持人，來祝賀的賓客都是些達官貴人，場面非常熱鬧。

參與觀禮的人無不贊賞玉鬘的美貌，因此有很多人都想娶玉鬘為妻。但是光源氏此時卻另有新的打算——想把玉鬘送入宮中伺候皇上。

蘭草

頭中將的母親終於因病去世了。

玉鬘和夕霧都為婆婆在家哀悼。

有一天，夕霧在郊外採了一株蘭草（植物名，日人稱「藤袴」，因此本篇原來的篇名是「藤袴」。菊科，生山野，為多年生草本，高一公尺左右，全部有香氣，秋末開淡紫色小花，日本古代詩人吟詠蘭草的很多，所以蘭草在日本很有名）親自送給玉鬘，並且還附了一首表示愛慕玉鬘的詩，可惜落花有意流水無情，竟遭到玉鬘的婉拒，夕霧只好怏怏不樂地獨自啃食失戀的苦果。

天子行幸那天，擔任護衛之一的黑鬍子大將早就娶了紫的姊姊為妻，在朝中也是炙手可熱的人物，竟也深深地愛上了玉鬘。

到了這一年的九月，光源氏已迫不及待想把玉鬘送進宮中伺候皇上，如此一來任何人都沒法再娶她為妻了，因此一些愛慕他的人不得不加緊追求，希望在她進宮之前弄到手。

兵部卿、黑鬍子大將等，都竭盡所能地表現自己的才華，以求贏取芳心，每天向他求愛的信如雪片飛來，但是在爭逐的男士之中，唯一得到玉鬘的回信的，也是最感到高興的，只有兵部卿一人。

但是事情的演變往往出乎人的意料之外，玉鬘在多少有地位且又年輕的人的追求之下，最後竟嫁給大家都預想不到的黑鬍子大將。

不過細加推敲，仍然是有原因的：頭中將的兒子柏木官任中將，是黑鬍子大將的部下，柏木自從知道他和玉鬘是同父異母的兄妹之後，已沒有戀愛的可能了，便極力從中撮合，加上頭中將本人也很贊成這樁婚事，所以很容易就結合了，唯一對此事表示不快的是光源氏，但是並沒有發生阻撓的作用，只好打消送玉鬘入宮的念頭了。

黑鬍子大將能夠和玉鬘結婚，真是高興的不得了，巴不得早一天把她接回家住，可以朝夕偎依。但是黑鬍子大將家中早已有了太太，而且還生了兩個男孩、一個女孩。

黑鬍子大將的太太也是一位美人兒，而且性情又溫和，可惜患有歇斯底里症，平常是好好的，一旦發作起來，便完全成了另外一個人。

在一個下著大雪的寒冷的晚上，黑鬍子大將獨自坐在窗前納悶，心中在猶豫不決：要不要去和玉鬘幽會呢？太太一眼就看穿了丈夫的心思，便大大方方地說：

「別再磨磨蹭蹭的，夜已深了，快點去吧！」

黑鬍子大將一聽太太這樣說，正中下懷，便決心去和玉鬘幽會。

黑鬍子大將的太太穿著皺皺巴巴的衣服，身體又很嬌弱，立刻取出丈夫的外出服慇懃地熏上香氣，然後親切地替丈夫穿上。

當黑鬍子大將穿戴完畢，正要出門的時候，太太的歇斯底里症突然發作，拿起給衣服熏香氣的小火爐就朝丈夫的身上摔過去，屋內頓時煙灰瀰漫，黑鬍子大將的眼睛、鼻子、嘴巴、臉等全部蒙上了一層灰，碳火把剛穿的衣服燒了好多小洞，燒焦了的臭味直衝鼻子，弄得狼狽不堪。這一天晚上便只好留在家裏了。

第二天清早，黑鬍子大將就穿著前一天晚上被燒了很多小洞的衣服到玉鬘那裏去避難。從這一次不愉快的事件發生之後，夫妻間的感情，便越來越冷淡了。

娘家知道這件事之後，立刻把黑鬍子大將的太太及女兒都接回鄉下去住。並請和尚念經祈禱，希望能治好她的歇斯底里症。

由於太太回娘家去了，黑鬍子大將便把玉鬘接到自己家來住。

十一月，玉鬘生了一個非常可愛的男孩，黑鬍子大將自然高興得無法形容。

梅枝

冷泉帝決定在三月替皇太子行加冠禮——成人儀式。

光源氏打算把明石的女兒嫁給皇太子，因此決定提早為她舉行成人儀式，所以六條院裡的人都忙著為她準備各種漂亮的衣服。

在當時的習慣，不論男女的衣服都要熏上香味，稱「熏香」，這種熏香是把各種名貴的香木弄成粉末狀，與麝香混合之後放入特製的小爐中焚燒，再把衣服放在爐上熏，承受香氣。

光源氏計劃舉行一個別開生面的「熏香比賽」，看看誰的熏香味道特別好聞？便算誰優勝。

比賽的日子定在二月十日，當天下著小雨，紅梅在濛濛的細雨中怒放，並且散發出陣陣的幽香。

參加熏香比賽的人有：梅壺女御、紫、明石及光源氏本人等，邀請光源氏的弟弟兵部卿擔任評判。

兵部卿依次把各人送來的熏香放入精緻的小爐中焚燒，來鑒定誰的熏香最好聞？

參加比賽的熏香都是最名貴的香木合製的，兵部卿被各種熏香熏得陶然欲醉，簡直沒法辨別出誰的熏香最好，兵部卿不得不這樣宣佈比賽的結果：

「每一位的熏香都非常好聞，我的鼻子已經分辨不出高下來了，因此大家都是冠軍！」

光源氏笑著說：

「好一個狡猾的評判員。」

熏香比賽就這樣不分勝負的結束了。

到了晚上，濛濛細雨漸漸停住，輕微的風仍然不斷地把庭院中紅梅的香氣吹送進屋裏來，一輪淡黃色的明月不知道什麼時候已經高掛在紅梅枝上了。

這樣美好的景色，豈能錯過？光源氏便在宅第舉行「紅梅宴」，頭中將的兒子柏木、柏木的弟弟弁少將、夕霧、及宮中服務的人等，都興致勃勃地來參加盛會。

這種「紅梅宴」的性質和「櫻花宴」一樣，就是李白所描寫：「開瓊筵以坐

花，飛羽觴而醉月」的雅集。

柏木彈琴、夕霧吹笛、弁少將則引吭高歌「梅枝」。

「紅梅宴」一直到天快亮才結束。

二月十一日，光源氏為明石的女兒舉行成人儀式，由梅壺女御替明石的女兒繫腰帶（在成人儀式中，繫腰帶的人多由長輩、或德高望重的人行之）。

明石的女兒把頭髮梳成大人的髮式之後，更覺得美麗動人。扶養她長大的紫，在一旁贊不絕口。光源氏也認為有這樣美麗的女兒，實在太感到驕傲了，但是唯一覺得遺憾的是：同住在六條院內的明石，竟不能參加自己女兒的成人儀式。

不久，皇太子也舉行過了加冠禮，光源氏便按照預先擬定好的計畫，把明石的女兒嫁給皇太子。

這件事頗令頭中將感到怏怏不樂，因為他本來也想把女兒雲井雁嫁給皇太子，可藉此更提高自己的權勢，沒想到竟被光源氏捷足先登了，更可恨的是：自己的女兒又偏偏愛上了光源氏的兒子夕霧。

幸福的巔峰

三月二十日是頭中將的母親逝世一周年忌日，頭中將帶著雲井雁及夕霧到極樂寺去燒香祭拜。

在歸途中，頭中將看到路兩旁的櫻花紛紛被風吹落，不禁聯想到生命不是和花一樣那麼容易凋謝嗎？想到這裏，對女兒的婚事，也就不願意再堅持己見了，便帶著幾分歉意的心情對夕霧說：

「我以前曾經反對你們倆的婚事，今天是你外婆的忌日，我的心情非常悲痛，因此對人生的看法也起了很大的改變，現在不再反對你們結婚了，只要兩人真心相愛的話！」

頭中將的態度突然一百八十度的轉變，頗令夕霧感到有點迷惘。

四月一日，頭中將宅地內所種植的紫藤花開得非常燦爛奪目，因此頭中將便舉行紫藤花宴，自然夕霧是最主要的客人。

夕霧把頭中將要邀請他參加紫藤花宴的事情秉告光源氏，光源氏極力慫恿兒子赴宴。

黃昏時分，夕霧穿戴整齊到了頭中將家，只見頭中將、柏木、雲井雁及其他七、八位年輕的客人都已經圍繞著紫藤花就席了，僅等他一人來到便要開始斟酒上菜。

夕霧坐在幾位年輕的人之中，特別顯得英俊瀟灑，頗有乃父風儀。

酒過數巡之後，頭中將仗著幾分醉意，即興吟了一首詩，預祝夕霧與女兒雲井雁將來幸福美滿、白頭偕老。

聰明的夕霧立刻假裝酒醉，由柏木攙扶著到雲井雁的寢室去休息……

四月，賀茂神社祭祀完畢之後，紫便帶著明石的女兒進宮，紫因為不是親生母親，所以只陪伴了三天，便改由明石進宮陪伴女兒。自從女兒送給紫當養女以來，母女兩人很少有見面的機會，從今以後，明石可以經常呵護著女兒了，怎不令她欣喜若狂呢？

明石的女兒嫁給皇太子、及明石跟隨入宮的消息，不久便傳到住在明石的入道耳裏，入道高興得老淚縱橫，認為這是他經常向住吉神社的神佛祈禱的結果。

這一年的秋天，光源氏由內大臣直陞太政大臣。夕霧則陞任中納言，把三條院重新擴建成為他和雲井雁的新居。

光源氏明年就是四十整歲的生日，因此六條院上上下下為了慶祝光源氏的生日而開始忙碌起來。

明石的女兒已嫁給皇太子，夕霧已娶了雲井雁，對光源氏來說，子平之願已了，毫無不滿足及牽掛的事了，而且自己又榮任太政大臣——是最高的行政長官，已至榮華富貴的巔峰，人生到此已經沒有其他可求了。

十月下旬，天子（冷泉帝）及已退位的朱雀帝連袂行幸六條院，此時又到了「停車坐看楓林晚，霜葉紅於二月花。」的季節，主人光源氏特地大肆鋪張，為二帝在廣大的庭院中舉行「紅葉宴」，一時笙歌之聲大作，朱雀帝及光源氏目睹歌舞節目，都情不自禁回想起二十年以前，先父桐壺帝五十歲生日那次所舉行的「紅葉賀」的盛況，不覺熱淚盈眶，尤其是光源氏感慨最多，記得當時，風流年少，和頭中將合舞「青海波」，多少絕色美人都向自己投以愛慕、驚嘆的目光。如今竟將至不惑之年，這些多彩多姿的往事，越來越隔得遙遠了，但是每次回想起來，仍然免不了要欷歔長嘆。

第五章　夕陽餘暉

因果報應

朱雀帝自從偕冷泉帝至六條院行幸之後，常常因病輾轉床褥，加之春秋已高，故漸萌出世之想，希望能藉此隔絕塵世間的煩惱，但是唯一讓朱雀帝牽腸掛肚，放心不下的是：他的三女，才十三歲，最受朱雀帝的寵愛，因此朱雀帝希望趕緊替她舉行成人儀式，同時急於物色理想的女婿。

一天，夕霧奉光源氏之命，特地來探望朱雀帝的病。有一位年輕的女官驚嘆夕霧的俊美道：

「像夕霧這樣的美男子，世界上恐怕找不到幾個吧？」

「哼！妳沒見過光源氏，他才是世界上罕有的美男子呢！他的俊美，讓少女見了，幾乎沒有一個不會為他神魂顛倒的。」一位年老的女官不屑一顧似地說。

朱雀帝聽到兩位女官的談話，深有感觸地嘆道：

「是的！光源氏才配稱得上是天下第一美男子，所以世人才送給他『光』的尊號，他不但儀表堂皇，且又有才學，為人溫文爾雅，因此很容易博得異性的青睞。」

朱雀帝本來有意把三女嫁給夕霧，可是夕霧已和雲井雁結婚，而且婚後又相當恩愛，再把三女插進去，顯然不很妥當，自然就把目標選中了光源氏，認為托光源氏照顧三女是最理想的人選。

暗中對朱雀帝的三女有意思的人很多，其中進行得最積極的當推頭中將的長子柏木。

朱雀帝終於下決心要到西山的仁和寺去，便向來探病的光源氏表露心跡：

「我要到仁和寺去皈依佛祖，但是唯一讓我放心不下的是三女，我想請你替我照顧她。」言外之意，就是要光源氏重演一次若紫的故事。

光源氏怕招致物議、及紫的不快，因此不敢接受朱雀帝的厚愛，但是朱雀帝決心已定，不容更改，光源氏不得已，只好答應下來。

紫在心裏面雖然非常不高興，但在表面上不得不裝著若無其事的樣子。這是一夫多妻制時代，女性皆有的悲哀。

朱雀帝出家當和尚的第二年一月二十三日，是光源氏的四十整歲生日，依照習俗隆重慶祝，天子亦賜與厚贈，光源氏怕自己步入老境，因此不喜歡過生日，可是來祝壽的人偏偏多得不得了。很久沒見面的玉鬘——黑鬍子大將之妻也帶了兩個孩子來拜壽。

光源氏摸摸玉鬘的兩個孩子的頭感傷地說：

「我本來還以為自己很年輕，現在看到妳的孩子都這麼大了，才想到自己確實已經老了。」

二月十日，光源氏正式娶朱雀帝的三女為妻，朱雀帝的三女，是小鳥依人型，還像個稚氣的小女孩，光源氏不禁回想起初見若紫的情形，不過光源氏覺得當時的若紫聰明可愛多了。

在結婚的這一天，朱雀帝特地寫了兩封信分別給光源氏及紫，信中懇切表示，希望他們好好地照顧三女。光源氏體會出作父親的一片愛心，立刻回信，請朱雀帝放心。

三月十日，嫁給皇太子的明石的女兒生了一個男孩，光源氏及紫都高興得不得了。

入道（明石的父親）得到喜訊後，愉快地說：

「我的希望已經完全實現了，還有什麼可求的呢？我可以安心到極樂世界去了。」

入道立刻寫了一封信給明石，大意是：

「孫女嫁給了皇太子，最近又生了一個男孩，這一連串的喜訊，令人興奮的快要昏倒了，我以前的夢一一實現了，這都是住吉神社裏的神保佑我們的結果，請不要忘了去參拜。我已經老了，將在極樂世界等妳。」

明石接到父親的來信，思慕之情難以抑止，尤其是讀到最後一句，不禁為之鼻酸。她回想自從搬進六條院來，由於她和光源氏之間夾了一個紫，因此很少有在一起卿卿我我的機會，豈料最近又加進來朱雀帝的三女，把愛情的小天地弄得更複雜起來了。他敏銳地察覺到近來光源氏對自己越來越疏遠了。

她在想，父親信末的那句話，是不是含有可怕的暗示呢？

朱雀帝的三女雖然年輕，但是氣質並不好，又常和年輕的侍女們開玩笑、並玩小孩子們玩的遊戲，因此光源氏對她毫無興趣可言，就讓她自由自在地住在六條院。

柏木對朱雀帝的三女卻一直念念不忘。柏木的奶媽有一個女兒，在朱雀帝的三女那兒當侍女，柏木便請這位侍女居中穿針引線：

「聽說光源氏早有出家當和尚的打算，假使我和朱雀帝的三女搭上了，他一定會把她讓給我做妻子的，萬事拜托妳了。」

暮春的一天下午，柏木、夕霧、兵部卿（光源氏的弟弟）等在六條院玩蹴鞠的遊戲。玩的方法是：四個人各據一方，把球向上踢，不得讓球滾落地上。柏木最精於此道，玩得非常精彩，光源氏興致勃勃地立於一旁觀賞。

他們蹴鞠的地方正巧就在朱雀帝三女所住的寢殿前的的庭院中，因此柏木一面踢球一面斜眼偷看朱雀帝三女的寢殿，為了怕其他的人看出他的心事，故意裝著輕鬆的樣子哼著詩：

「春風柔情似水深，頻吻櫻花花含羞；
寄語火熱春風情，勿將櫻花落枝頭！」

其他的人則專心在踢球，根本沒有留意到柏木在懷什麼鬼胎。

柏木瞧見屏風的下面露出女官們的裙襬，證明年輕的女官們正躲在那兒窺視他們踢球。突然，有隻頸子上繫了一根繩子的可愛的小貓，被一隻大兇貓追趕，小貓便直朝門外逃跑，把下垂的門簾給掀了起來，柏木眼睛一亮，看見門內有一位長髮披肩的美貌少女，正驚慌失措地注視著向外跑的小貓，可惜時近黃昏，光線太暗，看得不夠真切，就是這樣朦朧的驚鴻一瞥，已夠柏木蝕骨銷魂的了——原來這位美貌的少女就是柏木夢寐以求的朱雀帝三女。

柏木為了聊慰相思之苦，特地央求朱雀帝三女的哥哥把她喜愛的小貓借來玩。小貓的身上沾有朱雀帝三女的衣服上的熏香，柏木聞到貓身上的香味，倍增伊人之思，也因此更喜歡這隻小貓。日夕把它放在懷裏，並且帶著它一起睡覺。

冷泉帝仿效朱雀帝，很快就把地位讓給兒子。新帝的皇后就是明石的女兒，於是明石的女兒所生的男孩便順理成章地成為皇太子了。

光源氏認為，這都是住吉明神保佑的結果，因此決定要去參拜住吉神社。

十月中旬，光源氏便帶著紫、明石、明石的母親及大批的護衛，浩浩蕩蕩到住吉神社來謝恩。在神社內演奏神樂祭祀神佛（「神樂」是日本宮廷祭神的一種舞樂，樂器有：和琴、大和笛、及篳篥等，並有歌舞），光源氏正襟危坐，靜聽海上傳來的風聲、波濤聲與神樂混合成莊嚴雄偉的交響樂。

光源氏閉上眼睛，這首莊嚴雄偉的交響樂使他想起十餘年前的一天夜裏，在明石海邊與明石彈琴話別時的情形，對往事激起無限的懷念。

不知道明石的父親已經歸隱深山為僧的人，無不羨慕明石的母親有這樣好的福氣呢。

有一天晚上，光源氏留宿在明石的寢殿，紫一個人覺得很無聊，便躺在床上看小說，一直看到天快亮的時候，胸部突然發生劇痛，環侍在四周的女官們紛紛建議道：

「妳好像病了，快點請光源氏來吧！」

紫忍住痛苦說：

「我想還沒到這麼嚴重的地步，不必驚動他吧！」

第二天，明石的侍女來探望紫，回去向明石報告紫臥病在床的情形，明石立刻轉告光源氏，光源氏大吃一驚，直奔紫的寢殿。

光源氏把手放在紫的額頭上，覺得燒得燙手。紫已經病得無力坐起來了，連粥都不能下嚥，只能飲少許的果汁。

光源氏立刻招請大批的和尚來為紫祈禱祛病。可是一連祈禱十幾天，病情一點都未見好轉，反而越來越嚴重了。

有人建議，換一個地方住，可能會使病勢減輕，光源氏在祈求神靈無效之下，只好一試，便把紫移到二條院來療養，住了很久仍未見起色，而且有好幾次都以為絕對沒有希望了，幸好在大家悉心照料下，總算保住了一口氣。

六條院裏的人統統都到二條院來照料紫，因此六條院中只剩下朱雀帝三女及幾個伺候她的女侍在住。

不久，柏木榮陞中納言，朱雀帝便將二女名叫「落葉」下嫁給他，「落葉」雖然也長得非常美麗，可是柏木心中一直忘不了朱雀帝三女的倩影，便趁六條院裏的人統統到二條院去照料紫的機會，請以前認識的那位侍女當紅娘，終於二人暗度陳倉。

有一天，光源氏黃昏時分自外回二條院，右腳剛進院子的大門，便聽到自紫的病房中傳來很多女人痛哭的聲音，光源氏不猜就知道發生了什麼可怕的結果，立刻奔進病房，只見紫眼圈發黑、雙目緊閉，面如死灰，明石俯在紫的身上放聲大哭，其餘環侍的女官及侍女們也都悲悲切切地抽噎不止。

有位和尚走進來向光源氏沉痛地說：

「夫人已駕返瑤池了，請大人節哀。」

光源氏不相信，立刻換了一批和尚重新來祈禱，說也奇怪，到了晚上，紫竟然甦醒過來。從此之後，紫的病情日漸好轉，因此紫打算削髮為尼。

紫的危險期終於度過了，光源氏這才鬆了一口氣回六條院來看看朱雀帝的三女，竟發現她終日愁眉苦臉，好像也害了病似的，覺得很奇怪，便叫了一位伺候她的老侍女來查問，老侍女說：

「這是有喜的現象！」

光源氏聽說「有喜」，真是大吃一驚，心裏想，自從紫生病以來，就沒有和她共宿過，怎麼會懷孕呢？這到底是和誰生的呢？光源氏本來想嚴厲地來詢問她本人，但是看她那一副自責很深的可憐相，又不便啓齒了。

當天晚上留宿在她的寢殿，第二天清晨，無意中在枕頭下發現一封信，打開一看，原來是柏木寫給她的情書，光源氏立刻可以肯定，百分之百是柏木和她發生了關係，心中極為震怒，但是這種醜事，無論如何也不能張揚出去，所以只好忍氣吞聲戴綠帽子。同時也想到，自己以前曾偷戀繼母藤壺女御，並且還生了一個男孩（即冷泉帝），如今歷史竟然重演了，這不是因果報應嗎？

為柏木及朱雀帝三女穿針引線的那位侍女聽說光源氏已經知道柏木和朱雀三女發生姦情，便趕緊向柏木告密，柏木嚇得面無人色，一面顫抖，一面嘆息道：

「這件秘密遲早會被光源氏知道的，不過沒料到會知道得這麼快，叫我有什麼臉見他呢？他一定會大發脾氣的……」

十二月二十五日是朱雀帝五十歲的生日，因此明石的女兒及玉鬘早在十二月一開始便在六條院排練祝壽的節目，到十日便已經排練完畢，就在當天晚上舉行宴會，目的是慰勞大家在排練節目時的辛苦。

柏木當然也應邀參加宴會。

柏木坐在一角，顯得心事重重，根本提不起精神來和他人聊天，光源氏假裝有幾分醉意，特地端起酒杯走到柏木的面前，以諷刺的口氣說：

「你看我喝得如此爛醉如泥，一定覺得很好笑吧？可是，你沒有能力使歲月的巨輪停止，光陰真快，轉眼間，你就會和我一樣老了……來！再乾一杯！」

柏木心裏曉得，光源氏一定是為了那件不名譽的事情，故意逼他飲酒洩憤，實際上，柏木喝酒的興致早已嚇得沒有了，但是又不敢不尊命，雙手捧起酒杯來硬灌。

柏木

自從光源氏知道柏木和朱雀帝三女發生曖昧關係之後，柏木因此而覺得羞愧及身懷罪惡之感，所以不久竟積憂成疾。

柏木心想：「我現在已經不可能有機會和她在一起了，既然如此，生命對我來說還有什麼意義呢？如果我早一天死掉，光源氏可能就不會像這樣恨她了……唉！人生不過百歲，早死和晚死又有什麼兩樣呢？」柏木這樣想，所以病情一天比一天沉重，父親（即頭中將）非常焦慮，雖然招請了很多和尚來念經祈禱，仍然不見起色。

柏木對朱雀帝三女的思念與病情俱增，特地扶病寫了一封情意纏綿的情書，托曾經為他們穿針引線的那位侍女送給朱雀帝三女，並得到伊人的覆信，柏木認為這封信是他彌留之際最值得珍惜的紀念品了。

朱雀帝三女接到柏木來信的當天晚上，肚子開始陣痛——將要臨盆了，光源氏獲悉後，立刻趕來照顧，碰巧又被他看見柏木的信，光源氏表面上裝著若無其事的樣子，實際上，內心裏痛恨莫名。

挨到第二天天快亮的時候，終於生下一個男孩，取名為「薰」。

光源氏抱起薰，頓時覺得胸中如有萬刀在鉸刮一樣的痛苦，不禁想起以前和繼母的那一段往事，真是慚憒交集。不勝感慨地凝視著懷中的薰，無論從眼睛、鼻子、嘴巴那一個部位來看，都像極了柏木，光源氏心想：「薰這樣像柏木，來祝賀的人看了，豈不會在背後議論紛紛？叫我有什麼臉見人呢？我希望生的女孩，因為女孩子大多像母親，如此就……」

朱雀帝三女自從分娩以來，由於身、心均受斲傷，因此完全像生了一場大病的人一樣，一連好幾天滴食不進。

朱雀帝三女極欲削髮為尼，以便了卻紅塵之苦，但是光源氏堅決不准，不得已只好向父親（即已退位且當了和尚的朱雀帝）請求，始如願以償。

柏木聽說她竟削髮為尼，因此病情急速加劇，生命已危在旦夕，今上（即冷泉帝之子）聞訊，甚表哀憫，隨即下召陞柏木為權大納言。

柏木的好友夕霧，特地來向柏木慶賀陞遷，並探病。

柏木在此時見到夕霧，倍感親切，以誠懇且帶慚愧的心情向夕霧說：

「姑父大人（即夕霧之父，光源氏）一定恨我入骨，請你替我向他老人家秉告愧悔之意，希望能稍釋他的震怒，我死之後，請妳照顧內子。」

頭中將雖然招請了很多高僧夜以繼日地為兒子祈禱祛病，可惜毫無效力，終於含恨抱愧謝世了。

橫笛

柏木去世之後，為他感到難過的人很多，光源氏也是其中之一。

柏木和夕霧兩人自小孩子的時候便在一起玩，情同手足，光源氏把柏木幾乎也當作自己的小孩子一樣來呵護，可是為了如此不名譽的事，竟至於使他飲恨黃泉，光源氏當然也覺得很過意不去。因此在柏木的周年忌日，光源氏便請了很多和尚為柏木誦經超渡，場面非常盛大熱鬧，頭中將才覺得心情好一點。

夕霧遵照柏木的遺言，時常去探訪落葉（即柏木的未亡人）。

在一個月明星稀的秋天的晚上，夕霧又背著雲井雁來探訪落葉，兩人和往常一樣，一談起來，就好像沒有完似的，由於經常見面，夕霧不知不覺已經愛上了落葉。夕霧一時彈琴的興致來了，便把柏木生前常常彈的琴拿來彈，並且還請落葉與他合奏。

兩人合奏了幾曲之後，夕霧怕回家太晚，會遭到雲井雁的責問，正要起身告辭的時候，落葉的母親卻拿了一根笛子進來了。

「這根笛子是我們祖先好幾代傳下來的紀念品，是柏木在生前常常吹的，如今柏木已經去世了，不如送給你吧！」

夕霧撫弄著笛子感傷地說：

「這根笛子的聲音和以前一樣，可是吹這根笛子的柏木已經不在人間了！」

落葉的母親和夕霧又談了很多令人傷心的往事，因此等夕霧告辭時已經相當晚了。

夕霧回到家時，家人早已進入夢鄉了，夕霧在院子假山邊的一塊大石上坐下，望著晶瑩的明月，吹弄笛子，又思念起剛才分手的落葉來。

當天晚上，夕霧鑽進被窩，剛剛迷迷糊糊睡著了，突然被小孩子哭聲驚醒，雲井雁也同時被吵醒。夕霧揉著惺忪的睡眼，滿肚子不高興地問：

「小寶寶到底怎麼了，怎麼老是哭呢？」

「都是你在院子裡賞月，弄到半夜三更才打開門進來睡覺，把妖魔引進來了，小孩子受了驚嚇，當然會哭囉！」雲井雁痛恨夕霧常常去和落葉幽會，心中醋意正濃，剛好藉這次機會向他抱怨。

明石的女兒和今上生的太子名叫匂，已經三歲了。朱雀帝三女和柏木生的薰比匂小一歲。夕霧每次到六條去玩時，匂及薰兩人都爭著要夕霧抱。

每當夕霧仔細注視薰時，往往會產生錯覺：好像柏木就在眼前。

蟲鳴之宴

朱雀帝三女日夕以青燈木魚為伴，除了拜佛誦經以外，便是聆聽高僧講解佛理、及佛教的故事。

光源氏看她早晚那樣虔誠地向菩薩膜拜、懺悔的表情，深受感動，因此決心忘掉她所犯的一切過失及罪惡。

到了第二年的秋天。

朱雀帝三女居住的地方，院子很大，樹木及雜草叢生，因為沒有人修剪，所以還保留著自然的情趣。一天，光源氏在野外抓了很多會叫的蟲放到院子裏來，到了晚上，一個人徘徊在院子裏，靜聽百蟲齊鳴，仔細分辨那一種蟲的鳴聲悅耳？自有一番樂趣。金琵琶（蟲名、Calyptotryphus marmoratus，日人稱「松蟲」）一聽到腳步聲便停止鳴唱，但是金鐘兒（蟲名、Japanese cricket，日人「鈴蟲」，本篇原來即以「鈴蟲」為題）不管有沒有人經過，他一直是在擦著翅膀，發出優美悅耳的鳴聲，因此光源氏比較喜歡金鐘兒。

八月十五日夜，皓月當空，秋蟲唧唧，光源氏聽蟲兒鳴唱的興致遽濃，立即邀請兵部卿、夕霧、及一些親朋好友一起到院子裏來舉行「蟲鳴之宴」——飲酒、賦詩、賞月、聆聽蟲鳴。

夕霧彈琴，如泣如訴的幽怨琴聲傳到佛堂中正在誦經的朱雀帝三女的耳裏，雖然已經是當了尼姑的他，仍然禁不起回憶的震撼，眼圈又紅了起來。

夕霧

落葉的母親因為某種原因而生了病，為了想找一個空氣好的地方調養、並同時還要便於請和尚誦經祛病，所以母女兩人特地搬到小野（地名、在比叡山山麓）去住。

柏木因為曾經在彌留之際，托夕霧照顧落葉，所以夕霧竟公然頻頻出入落葉的香閨，表面是照顧，實質已演變成情人的幽會了。因此，自從母女遷居到小野去之後，落葉仍然接受他的「照顧」。

在一個初秋的下午，夕霧又到小野去和落葉幽會。到了黃昏時分，夕霧正想回家的時候，突然間起了大霧，霧非常濃，連方向都無法辨認，因此這一夜只好偷偷地住在落葉那兒。

第二天天才朦朦亮，夕霧便起身回家，想不到剛走出院子大門沒幾步，竟迎面遇到早晨自比叡山下來替落葉母親誦經祈禱的和尚。夕霧感到狼狽不堪，連頭都不敢抬，就匆匆消失在霧中。

當天上午念完經之後，主持念經的和尚便和落葉的母親聊天：

「夕霧常常來探望令嫒？」

「是呀！柏木臨終的時候曾遺言請他照顧她的。」

「不過今天清晨，有一位美男子從令嫒的臥房走出來，由於霧很大，我沒看清楚是誰，小和尚告訴我說就是夕霧……」

落葉母親聽說有這樣的事情，半晌氣得說不出話來，便把落葉的貼身侍女叫來問，侍女毫不掩飾地承認確有其事。

落葉母親心想：這件事相信很快就會傳遍京都，不如順水推舟索性把女兒正式嫁給他算了。因此反而盼望他每天晚上都會來，可是那一天晚上夕霧卻沒有來，第二天，她便代替女兒寫了一封信給他，內容大要是：

「我的病情一天比一天嚴重，身體越來越衰弱，恐怕不久將入黃土，你既然喜歡落葉，希望能在我瞑目之前，擇日成婚。」

當天晚上，信便送到了夕霧手中，由於字寫得太小，夕霧便把信拿到燈前來看，還沒來得及看完一行，竟被身後的雲井雁一把搶去，夕霧無論如何向他央求，就是不還，不但如此，連夕霧以後的行動也被她嚴格限制。

夕霧由於沒有看完落葉母親給他的信，因此沒法回信，而且又怕雲井雁會大哭大鬧，所以也不敢再到小野去和落葉幽會了。

落葉的母親左等右等，不但沒有接到夕霧的回音，連人影兒也沒看到，因此悔恨交集，認為夕霧完全是在玩弄她的女兒。不久竟抑鬱而死。

落葉的母親去世後，朱雀帝、光源氏等接連來弔喪，夕霧也來慰問，才知道落葉的母親是因為他而死的，心裏非常哀慟。

夕霧雖然百般解釋，是因為那一天雲井雁把信搶去了，所以才……但是落葉一口咬肯他是薄情郎，所以無論如何也不願意再和他恩愛如初了。

夕霧覺得落葉一個人住在小野太寂寞了，便勸她搬回京都來住，被她謝絕，可是夕霧竟強把落葉帶回京都的舊居。

雲井雁獲悉落葉已被夕霧強迫搬回京都來住，夕霧和落葉的距離大為縮短，無形中更增加了她們倆幽會的便利，因此雲井雁不顧夕霧的苦苦哀求，毅然拋下子女，獨個兒搬回娘家去住。

埋玉

紫自從生病以來，身體一直孱弱不堪，光源氏非常擔憂她的健康狀況。

紫自己認為活在世上恐怕不會太久了。因此很想削髮為尼，可是光源氏希望再來世還能結為夫妻，所以拒絕紫的請求，而且紫一旦成為尼姑，兩人便不能在一起了，這也不是光源氏所能忍受的了的。

紫招請了很多人、花了很長的時間抄寫法華經，抄完之後，特地在二條院舉行慶祝宴。時間在三月十日，當天天氣異常晴朗，院中的桃花及櫻花開得燦爛奪目。應邀參加的人非常多，連天子、皇太子、皇后等都到了。

紫目睹如此的盛會，想到自己就要離開這樣可愛的世界了，怎不令人產生依依不捨之情呢？她抱病陪大家享宴，面對大家愉快的歡笑，自己卻有「生命如朝露易晞」之感，好不容易支持到宴會結束，紫實在疲憊不堪，便向大家說一聲：

「失禮！」逕自躺在床上休息，紫望著熟悉的背影一個一個離去，心想：「可能是最後一次了，以後大概沒有機會再和她們見面了！」

紫在時時以為自己會突然死去的心情之下，竟然熬到了夏天。一天，皇后（即明石的女兒）帶了皇子（名匂、當時五歲）來探望紫的病，皇后自小是由紫一手帶大的，因此很喜歡她。而且又很久沒有見面，所以倍感親切。同時紫也很喜歡匂，紫握住匂的一隻小手問：

「如果有一天婆婆死了，離開了大家，你會不會想念婆婆呢？」

「當然會囉！」匂立刻用手揉眼睛，好像快要哭的樣子說：

「我想念婆婆，比想念爸、媽還要深！如果婆婆離開了我們，我會覺得太寂寞了！」

紫望著天真可愛的匂，情不自禁眼淚奪眶而出，勉強擠出笑容說：

「你長大之後，住進二條院來，每年到了春天的時候，別忘了採摘庭院中的櫻花供在佛像前面為婆婆向佛祈禱。」

匂一直在點頭稱是。紫知道自己不可能有機會看到匂長大成人了。心裏覺得非常難受。

秋天到了，氣溫下降，對病人來說，比炎熱的夏天要好受得多，但是秋天萬物凋謝的景色卻使病人增濃了對死亡的陰影。

一天，忙於宮中應酬的皇后，特地抽空來探病，見紫遽然消瘦了很多，不禁悲從中來。黃昏時分，紫依靠著皇后，茫然凝視著夕陽餘暉親吻著庭院中幾株紅葉，紅葉被料峭的秋風吹得颯颯作響，好像在向即將分手的多情的夕陽道別……

正在此時，光源氏從外面進來。

「今天因為皇后來看我，所以心情舒暢多了。」紫向光源氏微笑著說。

紫的笑容像落花落在急流上，轉瞬間便消失得無影無蹤。

光源氏呆呆地望著不久即將離開人世的紫，心中難過萬分，連一句安慰的話也說不出來。

「妳該回宮去了，我覺得很累，要躺到床上去……」紫沒精打彩地說。皇后及光源氏立刻合力把紫攙進臥房。

皇后流著淚握住紫的手問：

「現在感覺好一點了嗎？」

紫的手冰冷，臉色蒼白，皇后和光源氏心想：這回真的要去了！立刻招請高僧徹夜誦經祈禱，希望能出現奇蹟，二條院裏的人大家慌成一團。

挨到第二天黎明，紫終於像露珠兒一樣，被朝陽晒乾了。

因為紫曾經要求過要當尼姑，所以光源氏特地請和尚在她臨終時為她舉行削髮為尼的儀式。

紫埋葬的那天，宮中上下來了很多人向紫弔祭，沒有不傷心落淚的，尤其是光源氏、及伺候過紫的一些女官、侍女們回憶往事簡直像一場夢，哭得非常傷心。

光源氏在紫去世之後，本來想立刻出家當和尚，但是又怕世人在背後譏笑

他：為了一個女人，竟然就出家當和尚，不是顯得太軟弱了嗎？因此只好暫時打消出家當和尚的念頭。

新年到了，很多朋友來拜年，光源氏由於紫去世不久，心情非常不好，因此不接見任何來拜年的客人，只願和曾經伺候過紫的女官們聊聊天，剩下來的絕大部分時間，便是一個人在啃食摻和著歡樂及辛酸的回憶之果。他想起，當初決定要和朱雀帝三女結婚的時候，紫並沒有表露些微不悅之色，但是可以確定紫在內心裏一定感到萬分痛苦，她如此委曲求全，而朱雀帝三女竟和柏木暗度陳倉，每次想起這件事，光源氏總覺得太對不起紫了。

到了二月，院子裏的紅梅已經盛開了，光源氏此時不但無舉行「紅梅宴」的雅興，連多看一眼艷麗的紅梅、及聽一會兒小黃鶯在紅梅枝上婉轉歌唱，都會傷感得落下淚來。

紅梅開過後，緊接著就是櫻花吐艷的時節。一天，光源氏覺得很沉悶，便到皇后（即明石的女兒）那兒去聊聊天，匂天真地跑過來拉住光源氏的手說：

「公公，快來看我的櫻花開得好美喲！」

光源氏被匂牽著手走到院子去，匂指著一棵櫻花說：

「這棵櫻花，我每天給它澆水，現在已經開得很茂盛了，我希望它永遠不會凋謝才好，我想用布幕把它圍起來，以免櫻花被風吹落……」

「你為什麼這麼愛護它呢？」光源氏好奇地問。

「因為婆婆在世的時候，曾經告訴我，每年春天不要忘了摘櫻花供佛，為她祈求冥福！」

光源氏為匂的一片天真及孝心而感動，緊緊地把匂抱在懷裏，半晌說不出話來。

七夕那天，光源氏悶坐家中，沒有興趣出去看祭祀，想到中國傳來極富浪漫色彩的傳說——牽牛織女的故事，牽牛、織女每年尚能聚會一次，而自己和紫不知道要到何年何月才能相見呢？又找不到像長恨歌中所描寫的：「能以精誠致魂魄」的臨邛道士，因此今生今世是沒有機會再見到她了，除了夢中以外。

第二天，光源氏為了解悶，特地去看看當了尼姑的朱雀帝三女，光源氏非常羨慕她已經擺脫了塵世的一切煩惱，每天與青燈木魚為伴，心已如古井止水，除了拜佛誦經以外，什麼事都不去想。

晚上，光源氏去探訪明石，明石甚感意外，因為自從紫去世以後，他們還是第一次見面。由於明石一向非常守禮而拘謹，因此看起來好像是兩個不認識的人初見面似的。光源氏深深覺得像明石這樣文靜、守本分的女子確實不可多得。

這一年的秋天，光源氏替紫做過周年忌日的佛事之後，即決心實行多年來一直想出家當和尚的願望。因此把自青年時代起開始追逐女人所收到的一大堆情書，完全從箱底翻出來，一封一封地把它撕掉，決心再不去想過去的一切。待撕到紫的信時，不免遲疑起來，這些信是以前避居須磨海隅的時候寄給她的，字裏行間，充滿了無限的愛慕與思念，從墨跡看，似乎還像昨天剛寫的。每一封情意纏綿的信就像是一把啓開記憶之鎖的鑰匙，使他想起不少塵封已久的往事。

光源氏實在捨不得把紫寫給他的信撕掉，因為到了今天，只有這幾封信是他們之間情愛的生動紀錄，可是繼又想到：既然已下定決心要出家當和尚，六根清淨的人，豈可暗藏情書？因此終於含著淚把紫的信統統撕掉了。

雲隱

「雲隱」的中文意思是：藏在雲彩裏、躲藏、逃跑等。轉意為：下落不明、失蹤或死亡。

本篇有題目而無內容，暗示光源氏去世，為什麼紫式部不願意描述本故事的主人翁——光源氏去世的時、地、及情形？這是因為前篇剛剛描寫過紫的去世，，緊接著又描寫光源氏去世，使人讀起來有煩複、冗長、乏味之感，因此故意略去內容，僅以題目來暗示光源氏已去世，好讓讀者各人去猜測光源氏到底是什麼時候去世的？在何處去世的？比赤裸裸的說明，更富有趣味。

不過細讀源氏物語，對他的死，可得如下的推測：在紫的周年忌日之後，光源氏便削髮為僧，同時住到嵯峨地方的廟裏去，大概過了不久，便在那兒去世了。

第六章 光源氏去世後的故事

宇治的姑娘

光陰似箭，轉瞬間，光源氏去世已經十年了。

匂（當今的太子，是明石的女兒生的）已經十五歲、薰（即朱雀帝三女與柏木私通而生的，表面上是光源氏的兒子）也已十四歲。說來奇怪，薰的身上會發出一種特異的香氣，匂不願意輸給他，因此只好經常用名貴的薰香熏在衣服上。（日文中「薰」、「匂」兩字，皆有「發出香氣」的意思。）

兩人從小在一起長大，情同手足，不過性格確有天淵之別：匂的家庭融和正常，因此他性格明朗活潑，平易近人。薰則由於連自己的出生都是個謎，母親又是尼姑，鬱鬱寡歡，因此他也染上了傷感的氣質，性格內向，拘謹，再加上自己的身上自然會發出香味，因此促使他產生想出家當和尚的意念。

又過了六年，薰已滿二十歲。

有一天晚上，「宇治八」的一位好友和冷泉帝聊天，談起宇治八的淒涼處境，在一旁的薰聽了深為感動，因此很想到宇治去探望叔叔。

「宇治八」是光源氏的同父異母弟，因此是薰的叔叔，可是宇治八和光源氏之間的感情非常不好，宇治八和弘徽殿女御、右大臣是一夥，曾經聯合起來攻訐光源氏，逼使光源氏自動請求退隱須磨海隅，在當時是一個志得意滿的幫凶，可是以後朱雀帝因夢見先帝怒視他，竟招請光源氏回京都，並恢復他的官職，又過了不久，冷泉帝繼位，光源氏的權勢因而到達顛峰，時移勢轉，宇治八只好結束宦海浮沉的生涯，退居宇治（地名，在京都之南，是日本平安時代達官貴人的遊樂地、別墅很多，有平等院、黃檗宗本山萬福寺等勝地），豈料倒楣的事情接連發生：剛搬到宇治不久，便遭回祿之災，元配夫人又因難產而謝世，留下兩個女兒，宇治八深感人世無常，唯有拜佛誦經以度餘年。

時至晚秋。

薰很早就想到宇治去探望叔叔，便選了一個晴朗的天氣去。找到了叔叔的家，叔叔剛巧到山上的廟裏去念經去了，只有兩個女兒及一個老侍女在家，宇治八的兩位女兒都長得很美，大女兒叫「大君」、二女兒叫「中君」，薰喜歡大君，正想找藉口和大君多聊一會兒天，但大君卻和中君起身進入自己的寢室去了，代替她們出來接待客人的是一位年老的侍女，這位侍女以前曾伺候過柏木，因此對柏木和朱雀帝三女之間所發生的羅曼史，全部知道得一清二楚。因此薰從這位老侍女的口中獲悉自己原來是柏木的孩子，並不是光源氏的兒子，甚感意外。

薰在獲知自己出生秘密的初期，確實受到極大的震驚，但是過了一段時日之後，心情也就恢復了平靜。而且經常到宇治去探望叔叔，主要的目的是想藉機會多和大君親近。

宇治八自知年老多病，恐怕不久於人世，一天晚上，趁薰又來玩的時候，便把薰喚到寢室裡來，誠懇地囑咐道：

「萬一我歸天了，希望你好好地照顧我的兩個女兒。」

豈料沒過幾天，宇治八果真因老病而去世了，薰便為叔叔料理善後。

與父親相依為命的大君及中君，當然悲傷得不得了，今後的生活將要失去憑依，薰立刻利用這個時機向大君表示愛慕之意，但被大君婉拒，因為大君很早就抱獨身主義，有意削髮為尼。不過中君倒是願意嫁給薰，可是薰對大君的愛慕太深了，大有非卿不娶的決心。而大君也是決心不嫁人，兩人弄得僵持不下，薰不得已只好怏怏不樂回六條院，希望時間能夠改變她的主張。

有一天，薰把宇治姊妹的事情告訴了匂，匂覺得很有意思，便要求薰帶他到宇治去。匂第一眼看到中君便驚為天人，同時中君也為匂的英俊瀟洒而傾倒，兩人很快就墮入情網。

當匂向母親（即明石的女兒）說明認識中君的經過，並想娶中君為妻的時候，母親對兒子這樣輕率地在外面結交女友的放蕩行為深表不滿，不但不答應這樁婚事，而且還嚴格禁止以後再到宇治去和中君幽會。大君發現匂隔了很久都沒再來和妹妹幽會，心想匂一定是拋棄了她的妹妹而移情別戀了。每天為妹妹的婚事擔憂，竟因擔憂過度而生病了。

薰忙著為她招請高僧誦經祈禱，不但沒有發生效力，病情反而越來越沉重，終於一病不起，溘然長逝了。薰受了這樣大的刺激之後，顯得非常消極頹唐，就留在宇治，沒回京都的家。

匂知道大君竟為了自己而抑鬱去世的消息之後，感到悔恨莫及，立刻冒著大風雪之夜，到宇治來弔慰中君，並誠懇地向中君道歉，同時表示愛心不渝。中君非常痛恨匂的薄情，因此對他很冷淡。

匂的母親聞悉大君的死是起因於她不准兒子去和中君幽會，因此覺得很過意不去，幸好目前兒子和中君的愛情仍能維持不變，便答應她們結婚了。匂知道母親答應了，感到意外的高興，薰也為匂高興，但是一想到大君已經不在人間了，又不禁悲從中來。

第二年的二月末，匂便接中君到二條院來住。

中君非常同情薰的不幸遭遇，雖然極力替他物色貌美的少女，薰都一概拒絕，中君詫異地問：

「為什麼呢？難道你真的要當和尚不成？」

「我覺得天下再找不到有令姐那樣美的女人，所以不願意結婚。」薰傷心地回答。

「……」中君思索了一會兒，突然喜形於色地說：

「我想起來了，我有一個同父異母妹，名叫『浮舟』自小就送給常陸介當養女，他的容貌和家姐長得一模一樣的美，兩人像極了，連家母有時候都不易分辨出來，你不妨去找他。」

薰聽說浮舟非常像大君，因此下決心無論如何要設法見她一面。

夢浮橋

薰聽說中君還有一位同父異母的妹妹名叫「浮舟」，便到宇治來向那位曾經伺候過柏木的老侍女探聽浮舟的下落，並央求代為尋找。

老侍女不覺有點激動說：

「唉！這已經是很早以前的事了，早在『宇治八』老爺隱居宇治以前，曾和一位女人發生關係生了一個女兒，就是浮舟，母女兩人住在京都近郊的一所小房子裏，推算起來今年已經二十歲了吧？」（當時薰已二十五歲，任大將）老侍女很有自信地接著說：

「浮舟出生後不久，便送給常陸介當養女，很久沒有聯絡，不知道搬到那裏去了，不過浮舟的生母是我的親戚，因此我有把握，一定可以找到她。」

「宇治八」在去世之前，曾經囑託薰，在他死後，把宅第改建為廟宇，薰便遵照囑託，督工建造。一天，薰跟往常一樣，抽空到宇治來看看工程進展的情形，看到廟宇已快建造完成了，心中非常高興。正巧就在這一天，老侍女找到了浮舟，把她帶到宇治來。

薰一眼看到浮舟，真是像極了日夜思念的大君，因此決心要她為妻。

浮舟被老侍女接回宇治之後，因為工程尚未完成，薰不得已，只好暫時把浮舟安頓到二姐中君家去住。

匂看到如此美麗年輕的小姨子，豈肯錯過機會？因此常常趁薰及中君不在的時候，來向浮舟表示愛慕之意，浮舟在匂及薰的夾攻之下，甚覺苦惱，而且如果接受匂的愛，又怕對不起二姐中君，因此考慮再三，只好偷偷地溜到以前在京都近郊的那所舊房子去住。

到了秋末，廟宇才全部完工，薰特地到宇治來看新落成的廟宇，看了之後覺得很不錯，心想叔叔如果能夠親眼看到的話，一定會感到相當滿意。

薰再三向老侍女探聽浮舟到底隱藏到那兒去了？老侍女本來嚴守秘密，後來禁不起薰的一再央求，便說出來了。薰喜極若狂，立刻跑到浮舟的舊居去把她接到新落成的寺廟來住。薰就留在宇治，日夕形影不離地陪伴著浮舟，儼然如新婚燕爾的夫婦。

浮舟自匂的家裏出走已來，一直沒有消息，頗令匂焦急不安。過了很久，才聽說浮舟竟和薰雙宿雙飛住在宇治了。

匂打聽出薰那一天不在家，特地在那一天晚上到宇治來找浮舟。匂竟自走入浮舟的寢室，由於浮舟正在半醒半睡的恍惚狀態，誤以為是薰回來了，便接受了匂的求歡，事後才知道原來是匂，覺得無顏再見薰，便下定決心乘還沒有被薰察覺之前，乾脆投宇治川自殺算了。

一天，浮舟突然失蹤了，大家都慌張得不得了，四處尋找，仍然沒有發現蹤影。知道內幕的侍女便斷定一定是投河自殺了。

匂得到這個消息，悲傷萬分，竟因此而得了病。

薰所受的創傷，更是非筆墨所能盡述，想到第一個令他痴迷的大君病故，而代替大君、讓他享受過短暫的愛情生活的浮舟又緊接著自殺了，怎不使他感到生命如浮蝣？對人生還能抱有什麼希望呢？

在當時有一位高僧和八十多歲的老母及一位妹妹同住在比叡山山麓的小野地方，母親及妹妹都已當了尼姑。他們三人帶了一個小和尚一同到大和國（即現在的奈良縣境）的長谷寺去參拜，回來時經過宇治，天色已晚，便在宇治找了一間旅舍過夜。就在那一夜，高僧命小和尚出去買東西，買好東西回來時，無意中，在河邊的一棵樹下，發現一位穿白衣的美貌少女倒臥在雪地上，小和尚便把白衣少女揹回旅社，經過一番急救，高僧並親自誦經祈禱，白衣少女終於漸漸甦醒過來，高僧問她姓名，及為什麼會倒在雪地上，少女一句話都不回答，一直在哭個不停。高僧就把少女帶回自己的家裏去住。

過了很久，少女的身體已經復原了，心情也平靜了下來，這才說出自己的名字是「浮舟」及為什麼要自殺的原因，浮舟回憶當天的遭遇說：

「……我決定投河自殺，便蹣跚地往河邊走去，豈料迎面來了個輕薄的美男子，一把把我緊緊地抱在懷裡，我頓時嚇得昏了過去，以後所發生的事情變什麼都不知道了……」

浮舟說完後，懇求高僧讓她當尼姑，高僧沉吟再三，看她決心已定，便忍痛親自替浮舟削髮為尼。

不久，當今皇上的小女兒生了病，皇室特地招請這位高僧進宮去替公主誦經祈禱，由於很見功效，公主的病竟不藥而癒，因此皇后（即明石的女兒、就是公主的母親）非常高興，賞賜了很多東西給高僧，以示酬勞，並且和高僧閒談，高僧便趁機把浮舟自殺未遂的經過詳詳細細地稟告皇后，因此特別關心，同時對這件消息也感到很意外。

薰自從浮舟突然失蹤以來，整日抑鬱不樂，便招請浮舟的小弟弟（名叫小君）來當隨從，以示不忘對浮舟的思念。

一天，窗外淅瀝的雨聲落個不停，薰覺得每一滴冰冷的雨都不偏不倚剛好打在心上一樣，沉悶極了，便到皇后那兒去聊天，希望藉此排憂解悶。

皇后便把從高僧那兒聽來的話，原原本本地告訴薰，薰知道浮舟並沒有死，因此非常高興，心想無論如何也得設法去見她一面。

到了祭祀藥師佛的節日，薰帶著小君到比叡山去拜會以前營救浮舟的那位高僧。薰很禮貌地說：

「非常謝謝您那樣費神照顧浮舟，聽說她還在人世，我很想立刻見她一面，我想請您引導，不知意下如何？」

高僧恐遭佛罰，因此再三猶豫不決，薰無可奈何，只好退而求其次指著立於一旁的小君向高僧請求道：

「這位是她的弟弟，只准他一個人去見浮舟，是不是可以呢？」

高僧這才勉強應允。

高僧立即親筆寫了一封信，以資憑證，並寫明浮舟隱居的地址，交給小君，同時薰也寫了一封信托小君帶給浮舟。

薰怏怏不樂地先回京都等候消息。

小君到了浮舟隱居的尼姑庵，有一位小尼姑出來把小君的信接過去轉交給浮舟，小君並託小尼姑傳達口信說：希望能見面。

浮舟很愛護自己的弟弟，本來也很想出來看看弟弟，問問老母的近況，但是一想到自己這副模樣，又躊躇起來了，怕見面之後，徒增雙方的悲痛而已，因此就決心不見面。

浮舟流著淚看完薰的信，墨跡的清香，使她想起薰身上所發出特有的香味，同時多少甜蜜及辛酸的往事一起湧上心頭，可是自從削髮為尼之後，不但要隔絕一切情感上的煩惱，會使感情起一圈圈漣漪的往事都應該從記憶裏被剔除盡淨，必須修養道「妾心古井水，波浪誓不起。」的境地才行，因此，浮舟雖然也非常想念薰，但是既然已經身為尼姑了，怎麼可以回信呢？所以只得忍住悲痛，請小尼姑傳告小君，叫他趕快離開此地。

小君心想，姐姐既然這樣堅決，一直等下去，也不會有結果，便垂頭喪氣回京都去了。

薰在京都的六條院家中焦候小君的消息，正在坐立不安的時候，小君來了，薰剛要開口問結果，小君卻哭喪著臉先說：

「姐姐不但不出來見我一面，並且也拒絕寫回信給您！」

薰沉吟良久，凝視著窗前一朵櫻花自梢頭被風吹落，忽然有所感觸地喃喃自語：

「被風吹落的花，是永不會再回到原來的枝頭上了……」

附錄

紫式部與源氏物語

震驚文壇《源氏物語》的作者紫式部的生卒年不詳，根據日本學者的研究，一般認為她出生於圓融天皇天延元年（宋太祖開寶六年、西元九七三年）前後，歿於西元一〇一九年至一〇三一年間（宋真宗天禧三年至宋仁宗天聖九年）。

紫式部出身於中等貴族家庭，受到家風的薰陶，從小博聞強識，通曉漢文，廣泛涉獵中國古代文化典籍。二十一歲時，紫式部嫁給比她大二十六歲的藤原宣孝，婚後僅三年，宣孝竟因病去世，紫式部帶著年幼的女兒藤原賢子過著寡居的生活以終。

紫式部不是她的真實姓名，據考證紫式部原姓藤原，她的父親藤原為時曾任「式部大丞」的官職。紫的由來：《源氏物語》中有一位可愛的女性角色名叫「若紫」（即成年後的紫上）給讀者留下了深刻的印象，所以人們把《源氏物語》稱為「紫物語」，當年宮廷宴會時，有人暱稱她是「紫色麗人」，她曾被召入宮為女官，本官名為「藤式部」，後改稱「紫式部」，因為有上述這麼多原因，遂將作者稱為「紫式部」。

一條天皇寬弘二年歲暮（宋真宗景德二年、西元一〇〇五年），紫式部受召入宮侍奉一條天皇的中宮（藤原道長之長女）藤原彰子，並擔任近侍女官，負責為彰子講解《日本書紀》和白居易詩作，官名藤式部，後改為紫式部，深受天皇和藤原道長的賞識，大約於三條天皇長和二年（宋真宗大中祥六年、西元一〇一三年）左右離開宮廷。這段經歷使紫式部得以熟悉皇家生活，體察了解宮廷內幕，成為她創作《源氏物語》的寶貴素材，就在這段宮廷歲月中，紫式部展開了長篇小說《源氏物語》的寫作。

紫式部一生坎坷，父親在士途上的不順、自己在一夫多妻制婚姻生活中的痛苦、過早的寡居等等都促使她更多地思考人生、命運等問題。而宮廷內部的政治傾軋、權力鬥爭、皇家婚姻背後的政治圖謀、一夫多妻制下婦女的血淚，使紫式部對人生的觀察與思考更為深刻，她不如意的一生都反映在傳世名作《源氏物語》之中了。

《源氏物語》是日本「物語文學」顛峰期作品，比《紅樓夢》早了七百年，也是全世界第一部長篇小說，日本學界一致為紫氏部的優美動人的文筆把日本平安時代（唐德宗貞元十年至南宋光宗紹熙三年、西元七九四年至一一九二年，自平安遷都至鐮倉幕府成立）的文化完整的保留了下來，深深影響到日本的文學、美術、建築、服裝、戲劇、舞踏、思想、價值觀等，要想探索日本的古典美學，必須先從《源氏物語》下手不為功。

《源氏物語》以日本平安時代為背景。故事的主角為天皇桐壺帝之子，因天皇希望他不要捲入宮廷鬥爭，因此將他降為臣籍，賜姓源氏，又因其予人光明燦爛之感，故美稱為光源氏。

故事圍繞著光源氏和眾多女子的愛情故事，一幕幕展開，令人目不暇給：光源氏發現父親的寵妃藤壺長得很像自己已故的母親桐壺更衣，因此時常親近藤壺，長大後演變為對藤壺有戀慕的男女愛情；然而藤壺畢竟是庶母，即使年紀只差五歲，仍不能親近，因此源氏終身都在追求有如藤壺一般的理想女性。後來他找到了藤壺的姪女若紫，若紫的容貌長得和藤壺很相，光源氏便帶回家中，將若紫教養成心中思慕的理想女性，即後來的紫上。紫上雖有高貴的出身，但在正統名份上並不是光源氏的正妻，即便在葵上逝世後是紫上得到了正妻的待遇，成為光源氏實質的正妻，且光源氏在紫上之後與之發生關係或迎入的女子也都將紫上視做光源氏的正妻，但紫上輸在缺乏有勢力的娘家做為後盾，與光源氏之間也沒有子女。因此在光源氏晚年，他受其兄朱雀院之託，娶了自己的姪女、即朱雀院與藤壺之妹所生的女三宮做正妻。此舉令多年來跟隨光源氏的紫上心碎。而年齡跟光源氏相差頗大的女三宮最後也與人私通生子，最後女三宮出家，紫上不久病逝，光源氏在經歷世事滄桑後遁入空門，出家為僧。

光源氏一生光耀無比，最後官至太政大臣，位居一人之下、萬人之上，而他與後母藤壺的私生子冷泉帝暗中得知光源氏實為生父後，賜予他准太上天皇的地位。

從《匂宮》這一卷開始，講述光源氏死後其子孫間的愛情故事。從《橋姬》到《夢浮橋》這十卷則合稱為「宇治十帖」，以京都和宇治為主要舞台，描述女三宮之子薰君、源氏外孫匂宮和源氏之弟八宮的三個女兒（大君）、中君及浮舟之間糾葛的愛情故事。

白居易詩在日本

日本文德實錄卷三中仁壽元年（唐宣宗大中五年、西元八五一年）九月之條載：「……藤原岳守於承和五年（唐文宗開成三年、西元八三八年）出為太宰少二，因檢校大唐人貨物，得元白詩集奏上，帝甚耽悅，授從五位上。」這是白居易的詩，第一次傳到日本的歷史記載。

白氏為詩的特色是：避難解、喜平易，傳到日本之後，深受各界的推崇與愛好，經過百餘年的模擬，確實產生了不少可讀的佳作流傳後世，因此日本人自稱，如果要談日本平安時期（唐德宗貞元十年至南宋光宗紹熙三年、西元七九四至一一九二年）的文學，千萬不能略去白居易的詩。

白居易在當時風靡的情形如何？產生了多大的影響？謹簡述如下：

日本嵯峨天皇愛誦白居易的詩，趁當時知道白居易的詩的人還不多的時候，把白居易的「閉閣唯聞朝暮鼓，登樓空望往來船。」中第二句的「空」字改為

「遙」字，冒充為聖作，拿給小野篁看，小野篁拜讀之後問道：「遙字非空之誤歟？」天皇聽了，讚嘆不已。

弘仁時（唐憲宗元和五年至唐穆宗長慶三年、西元八一〇至八二三年）為漢詩隆盛之朝，競相以難解之文字連綴成詩，以至佶屈聱牙，至寬平（西元八八九至八九七年）詩聖菅原道真出，始脫積習。道真追慕白氏，作詩以平易暢達為旨，披瀝純潔之至情，在當時沒有人能望其項背，例如他遭人陷害離家出走，詠當時悽慘的情形道：「離家三四月，落淚百千行。萬事皆如夢，時時仰彼蒼。」

他的「去年今夜侍清涼」之句，亦傳誦一時。

道真在詩壇上最大的功績是：把難解的漢詩變成人人易懂的詩句，亦即將唐詩「和詩化」，在日本文學史上確實功不可滅。但是細溯其源流，則為白居易詩傳到日本後自然演變的結果，不過是經過道真之手而加速其成罷了。天曆年間（後漢高祖天福十二年至後周世宗顯德三年、西元九四七至九五六年），精通漢文學者輩出，其中大江朝綱、菅原文時兩人稱天曆雙絕，然此雙絕也都是追慕白氏文風所至。

朝綱為前江相公之孫，世稱後江相公，曾奉村上天皇之敕，撰新國史。傳說朝綱嘗夢與白樂天論詩，從此文藻大進，他有一首「送渤海客歸」之詩：「前途程遠，馳思於雁山之夕雲。後會期遙，沾纓於鴻臚之曉淚。」為人稱道，名重一時。

管原文時為前面所提到的道真之孫，林春斎以其「纖月賦」為：「本朝文粹中壓卷者」。村上天皇嘗敕朝綱、文時選出白氏詩集中認為最佳之作，據云，兩人同記「送蕭處士遊黔南」一詩呈上，由此可知白居易的詩，當時在日本傳誦之盛。

白居易晚年抑鬱不得志，唯有寄情山水，以詩遣懷，因此他晚年作品往往流於悲涼戚惋，故日人有吟其詩而頓悟，遂至遁入空門者，例如中納言顯基卿讀到：「古墓何代人？不知姓與名，化為路傍土，年年春草生。」深有所感，便剃髮為僧了。

（一九七一、四、三〇中央日報副刊）

長恨歌

白居易

漢皇重色思傾國，御宇多年求不得。楊家有女初長成，養在深閨人未識。
天生麗質難自棄，一朝選在君王側。回眸一笑百媚生，六宮粉黛無顏色。
春寒賜浴華清池，溫泉水滑洗凝脂。侍兒扶起嬌無力，始是新承恩澤時。
雲鬢花顏金步搖，芙蓉帳暖度春宵。春宵苦短日高起，從此君王不早朝。
承歡侍宴無閒暇，春從春遊夜專夜。後宮佳麗三千人，三千寵愛在一身。
金屋妝成嬌侍夜，玉樓宴罷醉和春。姊妹弟兄皆列土，可憐光彩生門户。
遂令天下父母心，不重生男重生女。驪宮高處入青雲，仙樂風飄處處聞。
緩歌慢舞凝絲竹，盡日君王看不足。漁陽鼙鼓動地來，驚破霓裳羽衣曲。
九重城闕煙塵生，千乘萬騎西南行。翠華搖搖行復止，西出都門百餘里。
六軍不發無奈何，宛轉蛾眉馬前死。花鈿委地無人收，翠翹金雀玉搔頭。
君王掩面救不得，回看血淚相和流。黃埃散漫風蕭索，雲棧縈紆登劍閣。

峨嵋山下少人行，旌旗無光日色薄。蜀江水碧蜀山青，聖主朝朝暮暮情。
行宮見月傷心色，夜雨聞鈴腸斷聲。天旋地轉迴龍馭，到此躊躇不能去。
馬嵬坡下泥土中，不見玉顏空死處。君臣相顧盡霑衣，東望都門信馬歸。
歸來池苑皆依舊，太液芙蓉未央柳。芙蓉如面柳如眉，對此如何不淚垂。
春風桃李花開日，秋雨梧桐葉落時。西宮南苑多秋草，宮葉滿階紅不掃。
梨園弟子白髮新，椒房阿監青娥老。夕殿螢飛思悄然，孤燈挑盡未成眠。
遲遲鐘鼓初長夜，耿耿星河欲曙天。鴛鴦瓦冷霜華重，翡翠衾寒誰與共？
悠悠生死別經年，魂魄不曾來入夢。臨邛道士鴻都客，能以精誠致魂魄。
為感君王輾轉思，遂教方士殷勤覓。排空馭氣奔如電，昇天入地求之遍。
上窮碧落下黃泉，兩處茫茫皆不見。忽聞海上有仙山，山在虛無縹緲間。
樓閣玲瓏五雲起，其中綽約多仙子。中有一人字太真，雪膚花貌參差是。
金闕西廂叩玉扃，轉教小玉報雙成。聞道漢家天子使，九華帳裏夢魂驚。
攬衣推枕起裴回，珠箔銀屏邐迤開。雲髻半偏新睡覺，花冠不整下堂來。

風吹仙袂飄飄舉，猶似霓裳羽衣舞。玉容寂寞淚闌干，梨花一枝春帶雨。
含情凝睇謝君王：「一別音容兩渺茫。昭陽殿裏恩愛絕，蓬萊宮中日月長。」
回頭下望人寰處，不見長安見塵霧。唯將舊物表深情，鈿合金釵寄將去。
釵留一股合一扇，釵擘黃金合分鈿。但教心似金鈿堅，天上人間會相見。
臨別殷勤重寄詞，詞中有誓兩心知。七月七日長生殿，夜半無人私語時。
在天願作比翼鳥，在地願為連理枝。天長地久有時盡，此恨綿綿無絕期。

依據《唐詩彙評》（陳伯海主編）校對

作者簡歷

左秀靈

一九三八年十一月二十一日生，安徽省懷寧縣人

學歷：國防大學理工學院地形測量學系畢。
　　國防語文學校日文正規班一期畢。

經歷：曾執教於國防語文學校、三軍大學長達十五年。
　　實踐大學出版部主任、中央出版文物供應社總編輯、
　　建宏出版社總編輯、五洲出版社總編輯。

著作：實用成語辭典、錯別字辨正、當代國語辭典、當代日華辭典、
　　日本諺語成語大辭典、日文口語文法……等五十餘種以上。

譯作：竹取物語、源氏物語、雨月物語等。

國家圖書館出版品預行編目資料

源氏物語 / 紫式部著 ; 左秀靈譯. -- 初版
. -- 臺北市 : 鴻儒堂, 民107.12

面 ; 公分. -- (日本古典文學名著)
ISBN 978-986-6230-39-4(平裝)

861.542　　107020209

源氏物語

二〇一八年（民一〇七年）十二月初版一刷

原　著　紫　式　部
譯　者　左　秀　靈
封面設計　張　芝　琳
內文排版　葉　又　瑄
發行所　鴻儒堂出版社
發行人　黃　成　業
地　址　台北市中正區博愛路九號五樓之一
電　話　02-2311-3823
傳　真　02-2361-2334
郵政劃撥　01553001
E-mail　hjt903@ms25.hinet.net

定　價　二五〇元

鴻儒堂出版社設有網頁，歡迎多加利用
網址：http://www.hjtbook.com.tw